原語の鳥——目次

原語の鳥

物語詩

1　ブルックナーを聴いて

いま　ぼくは　ブルックナーの
交響曲第四番を　聴いている

その壮大で流麗な響きの旋回と
波動に　牽き寄せられ　浮き沈み
揺れ動く　ぼくの視界に
凛冽として屹立してくる
アルペンの　燦く白銀の山嶺と氷河

すると　それらの響きと心象に

纏われて　しずしずと　なぜか
この詩人の像が　浮上してくる
詩集の空へ若々しい羽音をたてて
上昇する途上で不意に発狂に
翼を撃たれ　河畔の塔へ墜落して
ひっそりと死んだ　この詩人　の像が——
この交響曲を聴き始めると　いつも
きまってそうなのだ　なぜだったろう？

きっと　この音楽家とこの詩人
その音楽とその詩集　を貫ぬく
共有のなにかが　あったにちがいない
同じ純度で　同じ波長と振幅で
楽譜と頁を　音符と詩句を

響き渡る　なにかが

その人となりや来歴を知らないでも
こんな清澄で神々しい交響曲を
ただ一つ聴くだけで　ありありと
推し測ることのできる　この音楽家の
透き徹った孤高さと崇高さ

そして　去った神々と裂かれた大地への
憧れを歌いつづけながら
まわりの犇めく混濁の世界から
おのれのあまりにも潔癖で純粋な
内部を　守ろうとして　戦い

傷つき　狂った　この詩人の
透き徹った孤高さと崇高さ

そうだ　ぼくの内部の　地中で
空中で　時空を隔てるこの二人は
繋がれていたのだ　この一筋の
孤高さと崇高さの協和音で

もし　この詩人が　この交響曲を
聴くことができたら　感動に
顫える声で　呟くことだろう
〈これは　わたしが求めていた幻の音楽だ
立ち去った神々を呼び戻そうとしている

これを耳にすれば　神々も　帰って
　こずにはおられまい〉

2　なぜ　この詩人なのか？

この詩人のことを　すでに　以前に
別の所で　ぼくは　歌ってもいる
―アルペンの光と水と風の
　清冽さを感光した禽獣たちの
　なん万光年の記憶を継承しながら
あなたの内臓に地鎮された
　氷河の結晶片を　掘り出し

〈〈ぼく〉の神話〉Ⅱの3〈石の扉〉

囀り囀り　太陽にかざし
その透明さに震えながら
あなたの　血液に　脳波に　運ばれ
　朗々と読経して回る　地霊たち

ディオティーマの胸像　多鳥海の
星と花　オリンポスの神々の列柱
これらアルペンの化身を
　鵞ペンで彫り刻む　地霊たち――

こんなにもぼくが特別の思いを

込めて賛えたものが
なぜ　この詩人だったのか？
すでに少年時代から　ぼくのめくる
本たちのページとページの間を
縫って　くり返し現われ　ぼくに
憑きまとい　ぼくを魅了した　ものが？

3　言葉の鳥 I

この詩人の内部の空には　むろん
あの鳥が　羽搏いている
かれの言葉への原憧憬の力を

形象化した　あの鳥が

さっきの献詩で歌われた〈地霊〉を
その両肩に羽根を付けて　放って
やるがいい　それは　そのまま
あの鳥に変幻するのだ

語の糸を紡ぎ詩の刺繍を織る力から
孵化した　詩魂の内臓を孕む　鳥
詩人の内部で　胎児の時に幼年の時に
眠り　少年の時に目ざめ　青年の
時に羽搏いた　言葉の鳥

生まれつき神経質で繊細だった
この鳥は　ちょっとした外部の
大声や物音にも　苛立ったり
怯えたり傷ついたりしながら

詩人の幼い掌に　内側から
啄んで　頭脳線には不適応性を
指弧線には分裂気質を　拇指線には
空想癖を　そして　運命線には
かれの悲劇的な生涯の予告を
こつこつ彫り刻んでいた

そうだ　この運命線の指示する
方向に沿って　この鳥は　のちのちの
この詩人の時空と歴運を
くり広げてゆく根源の力　となる

一生のあいだ　人並みの幸わせを
約束する定職に就くことを禁じ
時間に縛られないが不安定な
家庭教師の身分に　この詩人を
封じ込めたのも　つきつめると
かれを　おのれの呼び声に　いつでも
すぐ応えさせようとした
この鳥の差配　だったにちがいない

4　言葉の鳥 II

ぼくらの　先験的な憧憬である
　原憧憬　それを　追い
　支え　強める　力
ぼくの私的な図象学は　その力に
執ように　形を与えようとする
そして　形は　その力の　事物や
　事象への身構え方で　変わる

その力は　ぼくらが
疾駆の草原を駆け廻るとき
　四足獣の形に

性愛の海を潜航するとき
　淡水魚や深海魚の形に
詩と音楽の星座へ上昇するとき
　飛鳥の形に　といったふうに

だから　言葉の鳥は　ぼくら
　生き物たちが持つ　いくつかの
　原憧憬の力の　一つの形　そして
詩人は　その鳥が体現する
　一つの化身　となる

言葉を　先驗的に希求する——
　原憧憬する——とき　内部で外部で

起こるいろいろな出来事の
起因は　その鳥が　心臓　目
耳石　太陽コンパス　風切り羽
から　放射する　磁力線　に溯る

5　印　原運命

少年の時の　成人の時の
この詩人の蒼貌に　印が
浮かぶ　言葉に魅入られ
底光りする　印が

内部の鳥が　詩人の生前から
生後にかけ　いく星霜を
閲して彫った　印　である

不思議はない
肉体にはそれを動かす力の
刻印が現われる――と　中世から
云い伝えられている　からには

原運命を孕まされた詩人の
道程は　もう予告され
指示されている　しかじかで

あって　しかじかでないと
詩人が道を間違えると
全身の不随意筋を震わせて
鳥は　呼ぶ――道が違うぞ！

6　原詩人

どんなにして　ぼくらの間から
詩人が　生まれてくるのだろう?
ある日　とつじょ　ある詩人に
　出会えたり　とつじょ　ある詩人の
伝記を読んだ　ぼくらの

口先が　詩人になろうと
口走って　いくらその決意を
連祷のように唱えてみても
詩人は生まれてはこない　としたら

決意ではない　戦慄なのだ
一行の詩句に揺さぶられる
ぼくらの　血の　心臓の　頭蓋の
戦慄　それだ　詩人を産む瞬間は

もう　明らかなことだ
ぼくらの　血に　心臓に　頭蓋に

その詩句を　読む目　聴く耳
伝える脳波　を備え　揺さぶる
力を持つ　ものが　潜んでいる
そうだ　もう　原詩人とでも
　呼ぶほかないものが

詩人が生まれる　それは
ぼくらが詩人へと近づく
　道の終点の出来事　ではない
それは　詩人がぼくらへと
　近づく道の途上の出来事　だ
ぼくらには　詩人の来臨を
待つほか　すべはない

詩人は　白馬に跨がって
　やってくる
詩人に声を掛けたり
　手招きすることを禁じた
　厳粛な沈黙のなかで
騎馬の詩人は　ぼくらの列の
　前を　ゆっくり進む
ぼくらの血流音や心拍音に
　隠れている原詩人の小さな
　息遣いに　聴診器の耳朶を
　そば立て

詩人はぼくにも近づいてくる
ああ　どうしよう　もしも
ぼくの原詩人の息遣いが
　微弱で聴きとれなくて
詩人が　ぼくの前を
　素通りしたら…
ああ　そうだとしても
詩に取り憑かれてしまった
　ぼくが　白馬の尾っぽに
呪縛され　血みどろになって
曳きずられていったら…

7　一葉の貢物

少年の内部で　この詩人が
　棲みつく　その前に
原詩人が　かれを迎え
　塔へと先導する
こんなふうなのだ　すべて
原憧憬にまつわる現象は

詩が原憧憬の泉水を
　吹き上げるまえに
原憧憬の泉の口を穿つ
　ものが　先在するのだ

ある詩人の詩を読んで
　感動する　すると　即座に
ぼくらの内部の塔で　閉じていた
　文庫の窓や戸が　開け放たれ
そこに眠っていた　この詩人と
　同じ顔立ちの原詩人が
窓辺で　戸口で　いっしょに
ページをめくっている

ふいに　詩の一葉が　はっと
ぼくらの視線の歩みを　捉え
　瞠目させた　とき　もう

ぼくらの見開いた瞳孔から
　覗いているのだ　原詩人が

語たちの祭列が歌と舞いの
　リズムでくり広げる高波に
喜々とさーふぃんしながら
かれは　血の河を溯り
奥へ奥へ　この一葉の
　貢物を　担いでゆく
葉守りの神のみ前へと

8　遠い記憶

原詩人は　少年の　内部へ　塔へ
文庫へ　いついつから　先在して
いたのだろう？　どんなにして？
これこれの日の朝　扉をのっくして
正面から？　いついつとも知れず
忍び足で裏木戸の隙間から？
それとも　途方もない昔に
潜伏していた礎石の下から？

少年時代の記憶の地下水脈を
ぎりぎりまで溯源してみても

その源流は　記憶の行きつく果ての
さらに向こうの　茫漠とした
湿原に　迷いこむ
そこには　さらに茫漠とした
もう名前すらない詩人らしい像の
かすかな体臭や息遣いや
蠢きが　漂よっているだけだ

原詩人は　いついつともわからず
窓辺に夢みごこちに立ち昇ってきた
銀モクセイの香り?

ランプのほの暗い灯火の下で

ふと開いた詩集のページに
這い登ってきた　巴蛾の
羽根の渦巻き？

いや　もっと以前　胎児の眠りに
注がれた　母の血の　物思いに
沈む　瞑想？　そこから　ゆっくり
沈澱し結晶していった　青く澄む
長月石の孤独？

いやいや　もっと以前　父祖の
村を沈めた火口湖の水面の
翡翠色？　そこを吹き渡った

一陣の風紋？

Ⅱ

1　セピア色の本

少年がこの詩人の名前を初めて
　知った日は　いついつだろう?
歳月の垂れ幕をいくつもいくつも
　掻き揚げ　記憶の奥底を　目を
　凝らして見つめていると

中学校の用務室の二階の畳敷きの
仮の図書室の肌寒い冬の日溜りで
長い座机の隅にうつむき
セピア色の本をめくっている
少年の座像が　ぼんやり浮かんでくる

どんな意図や主題で選ばれたのか
わからない混淆さで　中世や近世の
神秘主義者や哲学者や文学者が
数珠つなぎに登場する　もう
表題の思い出せない　奇妙な
セピア色の本

それをぱらぱらとめくっていた
少年の指は　ぴたり釘付けになる
冷酷な歴運に翻弄されながら
神々と聖なるものを追慕する

崇高な詩集を遺して　河畔の塔で
狂死する　この詩人　のことを
物語り始める　終章の第一ページで

この詩人の生涯は　ライン河を
渡りアルペンを越えて
彼方へ去った神々と　かれらが
遺した聖なるものを　いちずに
憧れ追う　長い漂泊の旅　だった―と
ほとんどそう云ってもよかった

生計のため家庭教師の座を探して
あちこちと流転し　その途中で

教え子の母（おお　永遠の愛
ディオティーマ！）との実らぬ
悲恋のあと　遠い異国の地へ漂着して
すぐ解雇され　国境を跨いだ
途方もない長い帰郷の道を
旅賃を切り詰めるためか　徒歩で
焦げつく太陽に曝され　えんえんと
辿る　六月

この詩人の苛立つ魂の均衡を
かろうじて束ね張りつめていた
脳神経の弦が　ぷつんと焼き切れ
かれの口は　間近に迫っていた狂気を
予告する異様な言葉を　洩らす

〈わたしをアポロが撃った〉

そのあと　あれほど透き徹って溢れる
　言葉の泉だったかれの口は　涸れ
ときおり奇怪な吃音だけを洩らし始める
〈わからない　わたしには…
パラクッシュ…パラクッシュ…〉

その物語は　同時に　そのセピア色の
本は　崩壊する寸前の詩人が　まだ
正気だった最後の言葉で　美しくも
哀しく　締めくくられていた
それを　少年のすこし顫える鉛筆が

急いで書き写した手帖が　今も
表紙も綴糸もぼろぼろのまま
秘密の手筐に　大切に蔵われている
―わたしは　彗星になりたいのだろうか
そうだ　彗星は　鳥の速さを持ち　火へと
花開き　幼児のように純粋だ　から―

2　中学校の中の鳥

中学生になってから　急に
小学生の純心さや素直さを脱皮して
少年の体の芯や軸は　かれの意識の

抵抗を蹴飛ばして　教科書に
なにか押しつけがましいもの　なにか
空々しいもの　を感じはじめていた
そのころ少年が描いた　黒い制服に
黒い帽子に黒い靴の陰鬱な自画像が
残っているが　その像のわきに
無味乾燥な季節風に吹きつけられ
年じゅう無意味に空転する間抜けな
風車が　象徴的につっ立っている

少年は　もう　教師が黒板に書く
文字や数字や記号の一字一句を
うやうやしく書き写しはしない
ろくすっぽ復習も宿題もしない

中間や期末の試験が近づいても前夜だけ
　ざっと教科書に目を通すだけだ

机に坐ると　いつも　図書館で借りたか
古本屋で買った得体の知れない本を
読んでいる　少年　のすこし陰気な
横顔に　家族たちは　不吉に翳ろう
落伍者の印を　見て　怯えていた

これらの現象も　つきつめれば
少年にも棲みついている
　あの鳥のせいだろう

家族たちの前で　なんどか
改心の誓いを立て奮い立った
心意気が　心臓から脳室へ
送り込もうとする　熱量を
首の狭間あたりで待ち伏せ
羽根で阻み　嘴で吸い込んでしまう
あの言葉の鳥　のせいだろう

3　密猟師

つきつめると（つきつめる――いつも
これが　ぼくの流儀なんだ）

少年自身の学びの園を
築くのも　時間割を編むのも
教材を調達するのも　すべて
あの鳥の指令に端を発している

教材となる本は学校が指定してない
非合法のものだから　それらを
探しに図書館や古書店に出かける
少年は　うしろめたい密猟師に
なるほかない

毎朝のカバンをかかえ校門をくぐり
教科書とノートを開く身振りを

演じたあとで　自分の本当の
学びの園の領域である図書館と
古書店を　渉猟してまわる
忍び足の密猟師

まだ見ぬ憧れの本との
わくわくする運命的な出逢いの
光景を　瞼の裏地に　描きながら
有象無象の本の樹海の中に
隠れた餌物を嗅ぎとる
研ぎ澄まされた臭覚の密猟師

4　図書館の中の鳥

その図書館は　古城を囲む公園の
奥の　急な坂道と長い石段を
登りつめた小高い丘の　さらにその
奥の　そんな坂道と石段のゆえに
市民たちに敬遠されて
静まりかえった深い森の　中心で
いつも　森厳な立たずまいを乱さず
少年の来訪を待っていた

図書館　それは　少年のもう一つの
大切な大地の領域だ　扉をあけ

廊下や階段や書架を横切って
閲覧室へと進むうち　しだいに
高揚する少年の内部空間は
ふあっと外部空間に溶けだし
（内部と外部が法悦のなかで溶けあう
それは　世界では起こらない
　大地だけの現象　だ）

あの鳥は　羽搏きのリズムを
すこしも変えず　一息　深呼吸を
するだけで　内部と外部　塔と
図書館　の閾を　すうっと
飛び越え　両域を自在に飛び交う

目指す本はなかなか見つからない
少年がやっと見つけて開きかけた
　本にも　あの鳥は　首を振る
きっと　そのころ　あのセピア色の
　本で知ったこの数奇な詩人への想いで
胸をいっぱいに脹まし　詩人をめぐる
　希小で貴重な本のことしか
鳥の眼中になかったらしい

5　ワスレナグサ色の本

やっと見つかったぞ！　図書館の
　書庫の忘れられた隅っこで　ぽつんと
葉群れに隠されひっそりと咲く
　純潔な高山植物の花弁の
　透き徹るほど淡いワスレナグサ色の──
この詩人の繊細で傷つきやすい
　言葉の鳥の羽根は　きっと
　こんな色だったにちがいない
　そんな弱々しいワスレナグサ色の──
この詩人の詩集が

少年は　わくわくする手に
それを摑んで　貸出係へつっ走る
これを借り出して筆写するんだ！

冬だった　凍える夜々
窓外では　戦争の嵐が　遠くでも
近くでも　吹き荒れていた
山脈を越えた向こうの軍港の町の
夜空では　ジュラルミンの火の鳥の
群れが　凄惨な火祭りの炬火や
狼火や燠火を　舌なめずりしながら
撒き散らしていた

明るい灯火は禁じられていたので
黒い覆いをかぶせたほの暗い
ランプの下で　その詩集とノートを
並べ　幻想の色—紫のインクで
少年は　筆写しはじめる　かじかむ
指先に息を吹きかけ　一語一語

降りやまぬ吹雪が窓ガラスを
がたがた震わせていた夜も
北の星空にひときわ冴々と馭者座や
双子座が瞬いていた夜も
近くで車座の笑い声や行列の足音が
よく澄んで響いていた冬祭りの夜も

民族全体を　一つのトナカイの大群に
束ねて追い立て　工場に狩りだされた
中学生もろとも少年を呑みこみ
雪崩れさせる　時代の偶然の
巨きな外部の戦い　その戦列から
夜だけ　こっそり離脱し

少年は筆写しつづける
詩集とペンと紫インクを武器に
自分の原憧憬を守ろうとする
必然の小さな内部の戦いを
戦い　勝ちとる　ために

少年は筆写しつづける
ランプと机と詩集とノート
それらは　まるで　夜空と星座
　海と潮風と海嘯　に囲まれた
　遠い岬の灯台の　時代の気まぐれな
　濁流を超えた原初の静寂　の中で
息づいているようだ

少年はひたすら筆写しつづける
首を傾むけ　瞼をなかば閉じ
　瞬きもせず　写している
息はしていたのだろうか
もう　少年の耳には

聞こえなかったのか
窓外から　少年を呼びだそうと
窓ガラスを乱打していた
兵士や教師や市民の甲高く　ひき攣った
叫喚や靴音や銃声は

6　旅立ちのノート

いまも　そのノートは　崩壊寸前の
詩人の感動的な短かい言葉を
写したあのぼろぼろの手帖といっしょに
秘密の手筐に　大切に蔵われている

表紙は色褪せ破けているが
あの少年のたどたどしい筆跡を記す
インクの刻線の紫色だけは　変わらぬ
幻想的な艶やかさで　この詩人への
少年のひたむきな敬慕の夜々を
新鮮に語り伝えている

あの夜々の　詩集とペン先と
紫インクの　まんじ巴の秘祭
それも　また　あの鳥の　司宰に
よるのだ　少年の運動と時間を
おのれの編む暦や歳時記や時間割に
組み込もうと目論む　あの鳥の

あの冬の夜々いらい　ワスレナグサ色の
　本から乗り移ったこの詩人の鳥に
　支えられ　少年の鳥も　巣造りを
　巣立ちを　準備し始める
　迷いもためらいもない
　　原運命的な断乎さで

あの夜々いらい　少年のそれと気付かない
　まに　鳥は　少年の太陽コンパスを
　遠い言葉の国の方位へ　向けさせる
　昼夜を季節を分かたず
　たとえ少年がそのことを忘れている
　　ときでも

そして　少年に　未知の言葉の国へと
　旅立ちの第一歩を　踏みださせたのだ

修錬と苦渋と幻滅の交錯する
　いく星霜のあと　やっと辿り着いた
　と思えたとたん　〈言葉はいまだ
　不可能だ〉と嘯きながら
　水平線の彼方へ遁げてゆく
　未到の言葉の国

賑わう時代の市場で　有象無象の
　物書きたちが　造化の言葉の
　細工物を　叩き売っている　とき

そこでは　孤絶の大地の奥で
詩人が　言葉の一つ一つを
　宝石の煌き　鉱石の重み
　果実の甘み　音符の軽さ
　煉瓦の硬さ　にまで　削り　彫り
　磨き　一つまた一つと緻密に積み上げ
　五年十年　やっと一つの石碑を
　築く　そんな孤独と研鑽の石工　と
　なるほかない　峻厳な言葉の国

そんな国への果てのない原運命の
旅路の　位置や里程を測る
子午線に置かれた方位石　のようだ
このノートは

III

1 鳥の仕業

それから　いくつもいくつも
季節が　めぐりめぐり流れた

高校を出てから　なんの取り得もなく無器用なぼくは　まだちゃんとした定職の座に　辿り着けないでいた　たまに見つかった臨時雇いの椅子にさえ　どんくさかったりへまばかりして　居ずらくなったり罷めさせられたりで　ちょっとの間しか居坐ることしかできなかった

ひょっとして　ぼくのこんな無能さを　脳神経科の医師なら　先天的な前頭葉の機能不全やシナプスの伝達不全に起因する　簡単な事務や家事さえうまくできない　脳欠陥障害

と診断するだろう　それは半分は当たっているかもしれないが　ぼくの場合は　それだけですまされない

たとえば　デスクに坐って　その日の伝票を集め　その品目や数量を帳簿に記録しようと注意で張りつめた　ぼくの視野　なのに　その片隅を　そのときちょっと身動きするあの鳥の首や嘴や羽根の影が　いっしゅん横切る　すると　そこが　日蝕のように翳っていやおうなく死角となり　その暗いブラックホールを通過する文字や数字が　写し間違えられてしまうのだ

この現象は　どうしようもなく宿命的に　ぼくに付いて廻るだろう　ぼくの意識がどんなに注意を払った明るみへも　死角の闇は　侵入してくるのだ　内部にあの鳥が居坐るかぎり

こんなぼくの無能を　さらに　少年時代の勉学へのあの無関心さが　いまは　職務への無
気力となって　増幅させている　与えられた職務を忠実に果たそうとするぼくの決意の
熱量は　いつのまにか　自分でもわけのわからない無気力の泥沼に　沈められている

これもまたあの鳥の仕業だ　そんな勇み立つ決意がぼくの前頭葉へ送り込もうとする熱量
それが　首の狭間あたりで　待ち伏せするあの鳥に　ひっ掻かれ　阻まれ　吸い込まれ
る　次第は　すでに物語られたとおりだ

2　怯える勤めの夢

そのころ　失職していたぼくは　せっかく職にありついていながら失敗ばかりして職場から追われる不安に怯える夢を　つづけて見た　(印象深い夢は洩れなく日記に記録する——これも昔からのぼくの流儀だ)

…上司に洗うように命じられ　洗濯機に入れ　あまり長く廻したために　襟首が半ぶんち切れぶらぶら垂れる　無惨な姿になったワイシャツを　隠すように抱きかかえ　髪を逆立てて怒るにちがいない上司に見つかるのが恐くて　どうしようどうしようとわめきながら廊下をおろおろする　夢

…出勤のバスに乗っているつもりが　見なれた町並みがいつのまにか眼下に消え　恐ろし

いほどの暗緑の渓谷の間を登ってゆくケーブルカーにいる自分に　気付き　愕然として下界を覗く　谷間をオオカミに似た野犬の群れが走っている　腕時計を見る　出勤の刻限はとっくに過ぎている　〈あいつは今日も遅刻か！〉とわめく係長の怒鳴り声が　耳の中を早鐘になって転げ廻り　席を立ったり坐ったり　いてもたってもおられない　夢

…勤め先の工場へ出かけるが　殺風景な造成地の泥んこ道に迷い込んでいる　どうして慣れた通勤の道筋をその日に限って間違えたのか？　出勤時刻はとっくに過ぎてしまった早く工場へ連絡しなければ　しかし　公衆電話が見つからない　向こうの山裾の村へ走る旧街道でやっと見つかった小さな郵便局の電話ボックスには　中年の女が陣取ってすぐには長電話をやめそうにない　早く連絡しなければ　また走る　ほら　あそこの古ぼけた宿屋の店先に赤電話がある　近づくと　女中が首をのぞけて　これは自家用だから使うなと叫ぶ　また走る　早く早く連絡しなければ　怒りで腹を煮えくり返す上司の顔がよぎる　あっ　あそこのタバコ屋の店先に赤電話があるぞ　こんどは店番の老人が首をのぞけて　この電話は特別の硬貨を入れないと使えないとわめく　またもと来た道を郵便局へと

引き返す　長電話はもう終わっているはずだ　しかし　歩き疲れ麻痺したぼくの足はへなへなと地面にへたばり　早く早くと気がせくばかりで　ボックスに辿り着けない　夢

…勤め先の事務室に　〈おはようさんです〉と弾む声で飛び込むと　同僚たちの冷笑する視線がいっせいにふり向く　自分のデスクに近づくが　そこには　同じふうに冷笑する商人ふうの肥えた中年の男が　ふんぞり返っている　ああ　もうぼくの居場所はないんだ！　屈辱と羞恥に震えながら茫然と立ちつくしている　夢

…目覚まし時計が鳴る　まっ暗だ　前方にわずかに半円形の穴から　光が差し込み　海が見える　ここは洞窟のようだ　これから出勤前の朝食を摂らねばならないのに　パンもコーヒーも食器もない　出口の方へ手探りで這って進むうち　毟られて散乱する無数の羽根に囲まれて転がっている海鳥の死骸に　恐れおののく　鳥の死で夢はなにか重大なことを告示しようとしている気がして　それは何だろうと問いただす余裕もなく　またもけたたま

しく鳴りだす目覚まし時計に　耳を塞いでへなへなと蹲る　夢

3　孤独の歌

ぼくは　孤独だった　ときおり　この詩人が孤独を紫インクで歌っているあのノートを読み返した　ぼくのよりもなん倍も深く厳しい詩人の孤独は　ぼくのおろおろする孤独をどれほど　その優しさで包み　その親近さで励まし　その毅然さで支えて　くれたことだろう

詩人の孤独は　偉大だった　詩人がどんなに悲惨なときも　偉大だった　ぼくらの群小の孤独が不毛だったときに　それは創造するからだ　創造　そのために　詩人と孤独と

の間には　互いを守りあう暗々の默契が　交わされていた
詩人は　孤独の掘っ立て小屋から遁れながら　そのたびに孤独の城へ回帰してくるのだっ
た　いっぽう　孤独は　その透明さを汚濁から守りながら　鳥に変容した詩人が羽搏く祝
祭空間を　ときとして　詩人の孤絶した歌声を地上へ響き返らせる穹窿さえも　整えて
待っていた

これから　ぼくは　この詩人から　本当の孤独を　外部に　世界に　運命に　超然として
　自分の　内部を　大地を　原運命を　守る　凛とした孤独を　学ぶ　一年生　になるの
だ　しかし　なんだか　もう遅すぎるような気もする　幼年のとき　少年のとき　他人と
の距離ばかりを窺ったり縮めたり遠ざけたりしておろおろするばかりの不毛の偽りの孤独
を　被せられてきた　ぼくは

4　オリーブグリーンの本

その頃のある日旺日　気晴らしに
日帰りで訪れた海辺の町の
藻や塩や魚の匂いのかすかに染みつく
潮風が　内湾を周走する　港

その海岸ぞいのうらぶれた古書店の
暗く湿めった奥の書棚に無造作に
積まれ古色蒼然とした原書の群れの
間から　ふと　ぼくに瞬きかけた
色褪せて黑ずんだ　オリーブグリーンの本

その扉の　ところどころ剝げ落ちた
黒い印字の〈Hyperion Hölderlin 1923 Fisher-Verlag〉
ちょうど　そのころ　この詩人の
母国語を独学で学びはじめた
ばかりのぼくには　ろくすっぽ
読めそうもない　それに　まだ
失職中のぼくには　ちょっと
値の張る　古い亀の子文字のこの原書

ためらい戸惑う手で　二度三度
開いては閉じ　拾っては返す
身振り　のあと　諦めの嘆息を
ついて　店を出かける　ぼく　の

ふいに　すぐ頭上の宙を　鋭どく
ひっ掻き　一羽の海鳥の翼の
銀色に閃めく飛影が　掠め去った
その瞬間　不思議だ
ぼくの耳もとを　嘯く波音にまじって
なにかが　叫び　掠めた
―ためらうな　買うんだ！―

ぼくは夢中で店の奥へひき返した
さっきの色褪せ黒ずむオリーブグリーンは
暗がりの中で　妖しく底光りする
　緑柱石色に　変わっていた

さあ　買うんだ！　また叫びが
こんどは　耳のおく　内部から　聞こえた
あの鳥が放った叫びらしかった
ぼくは夢中で本を手に取った
その本を抱いてわくわく顫える
　自分の掌に　気付くのは
店を出てわれに返ったあとだった

5　いてください　詩人よ

これから　このオリーブグリーンの
　本を　すらすら原語で音読したり

諳んじる　祝いの日　を夢みて
この異国語の学習にいっそう励もう

そんな誓いの燭台の灯火を
無情に吹き消して　職探しに
出かける　朝も　ぼくは　こっそり
カバンに　この本を忍ばせておく

面接に向かう電車の吊皮に
ふとぶらさがっているとき
面接の最中に指先が
ふとカバンに触れるとき
面接のあと降りる階段の

踊り場でふと立ち止まるとき

そんなふとしたときに
ぼくの瞼の前に　詩人の蒼貌が
どこからともなく忍び寄ってくる
どこか遠くの見しらぬ海峡から
浮かんでくる岬　聴こえてくる
潮騒　どこか遠くの見しらぬ
高原から　浮かんでくる草原
聴こえてくる角笛
そんな幻影と幻聴に似た　幽かさと
懐かしさと優しさを　漂わしながら

そして　ぼくの耳もとでそっと囁く
―ほらね　わたしは　そばにいるからね
オリーブグリーンの本といっしょに―
すると　ぼくのうなだれた首は
　すこし魂鎮められ　凍えていた
唇は　親しげに　詩人に向かって
呼びかけることができるのだ

いてください　詩人よ　あなたの
　そばで　ぼくの瞼を閉じると
その暗闇に　あなたの二つの塔が
浮かびあがってきて　ぼくを手招く
気高い内部の塔と悲しい外部の塔が

かつて　遥かな優しい大地たち――
神々や星座　海や山河　森や禽獣
友人や恋人――への賛歌の壮麗な
円舞を回らし　その円心に
聳え立っていた　気高い内部の塔

そのあと　発狂で幽閉され　狭い
室内をくるくる回って　ときおり
あなたの唇を震わせ〈パラクッシュ
…パラクッシュ〉と呟かせていた
寂しい村の河畔の悲しい内部の塔

いてください　詩人よ　そして
ぼくに語りつづけてください
この二つの——一つは　あなたの
言葉で語られる　一つは　あなたの
口で語れない——塔の物語を

Ⅳ

1　鳥　旅　行き倒れ

それから　また　いくつもいくつも
四季が　めぐりめぐり流れた

あの紫インクで聖刻された
方位石のノートを起点に据え
永遠に辿り着くことを拒む
言葉の国への憧憬の旅は
いまも間断なく続いている

ときおり　内部から　塔頂に

飛来し旋回する言葉の鳥の
　叫びと羽音
外部から　どこか遠い空の縁か
　地平線で撲ね返ってくる
　それらの木魂
ぼくにつねに内から外から
　旅立ちを促す　それらの響きに
ひたすら取りすがっている　ほかに

そして　せめてこの星に生きていた
　証しに　旅路のところどころ
路傍の樹の枝に　おのれの
　言葉のいく房かを　吊して
この旅をひっそりと続ける　ほかに

無芸無能のぼくに　許された
　生きる方途は　絶たれている

この旅の行く手を横切る
　雑多なことどものうち
その歩みを　別の方向に
　牽き逸らせ誘うものは
なにひとつとてない
それらは　その虚ろさを透かして
もう近い死の国の寂寞と寂寥の
　荒野を　垣間見せるばかりだ

しばしば　この胸を圧迫する
　凍りついた空気のなか
ぼくの呼吸の一吹き一吹きは
あの鳥が　自分でもときどき
　喘ぎながら　ヘモグロビンの
　鮮やかな朱を吹き込んだ
　言葉を　ぼくの舌に含ませる　ことで
ほとんどかろうじて
支えられているかのようだ

鳥の失墜と旅の停止は
共時的に起こるだろう
鳥が倒れるとき　それは
ぼくの行き倒れの瞬間だ

2　もう一つのアルペン

いま　ぼくの住む村の北の空を　半ぶん覆って波状線を曳く　ほら　いま　窓から見える
　あの山脈

どこにでもある変哲のない山容なのに　ときおり　霧の面紗を垂れる朝明け　乱れ雲の羽
衣の裳裾を曳く昼下り　雨上りの千切れ雲の薄絹を纏う夕暮れ　とりわけ　降雪の翌日の
峯々に　白銀の　威厳にみちた王冠　峨々とした兜　を冠らせる　真冬の午前　など
にわかに　奥深く丈高いアルペンの壮麗な姿で　聳え立ち　ぼくを畏怖させ喜悦させる
あの山脈

あれも　また　この詩人の故郷と　時空を超えて　地続きしているのではないか　同じ地

軸　同じ土質　同じ水脈　同じ風光　の　詩人とともどもに　回帰しあう　共通の故郷
ではないか

そのとき　ぼくの耳には　聴こえる　あの交響曲の　アルペンの渓谷に響き渡る玲瓏ない
くつかの小節　と　あの詩集の　アルペンの山人の歌声を木魂する清澄ないくつかの詩行
とが　共鳴しあって奏でる　ユニゾンを

そのとき　アルペンを共通の郷土とするこの詩人との血縁の誇りに　思わず　ぼくは　山
頂に向かって叫ぶ──ぼくもまたアルペンの子だ！──　そして　自転車に跳び乗り　その緑
のビロードの裾野や薄紫の毛氈の山麓へ向かって　ゆるやかに登ってゆく河畔林の野道に
沿い　休みなくペダルを漕ぎつづける

3　詩人の原語

すこしづつこの詩人の原語を読む歡びが実っていた日々　原語の下に潜むこの詩人の訴え
かける像が　しだいに鮮明に浮上してきた

この詩人も　早くから　内部の深層の　意識の視力では見えない　あの鳥の存在の蠢きを
感知していたようだ

—Zum Traume wirds ihm, will es Einer
Beschleichen und straft den, der
Ihm gleichen will mit Gewalt;

Oft überrashet es einen,
Der eben kaum es gedacht hat.—
(夢に終わるだろう　それに
忍び寄ろうとする者は　罰せられもしよう
力ずくで　それに　近づこうとする者は
それはふいに現われ驚かす　そのとき
ほとんど思ってもいなかった者に)

そして　詩人は　一生のあいだ　出没しつづける〈それ〉＝鳥　その抗し難い魔性の声
に魅せられ従がうほかなかった　鳥は命じる—それ　飛びたて!　青空のエーテルの透
明さ　アルペンの銀嶺の気高さ　多島海の星々と花々の華麗さ　古代ギリシァの建築と彫
刻の秀麗さ　それら　Das Heiliges（聖なるもの）を追え!

少年時代から　この詩人は　それら　人間の体臭や手垢を絶する聖なるものが　神々の手
造りの所産だ　と思い　野原や河畔に出かけては　あたりに隠れる神々の体温や息遣いや
身動きを感知して　神々に親しげに語りかけていた　が　やがて　気づく　差しだす少年
の両手を滑り抜けるずっとまえ　とっくに　神々が　去っていた　と

—Nah ist
　Und schwer zu fassen der Gott—
（近くにいる
　そして　捉え難いのだ　神は）
神々の立ち去り方はす速い
—…　So ist schnell
Vergänglich alles Himmlische—
（…　そんなにも速く
過ぎ去る　天上のものはみな）

かれは地団駄して悔しがる
—Wir kommen zu spät—
(ぼくらは来るのがあまりに遅すぎた)

神々は　去った　聖なるものを撤收した痕跡だけを地上に遺し　惰性と凡俗の世界に人間たちを放置したまま　そのとき　神々は　この詩人の瞳孔に　名残りとして　自分たちの冷厳で高潔な眼差しを　象嵌しておいたのだ

それゆえに　見る者を石に化えるメドゥサの眼光を帯びた　この詩人の眼差しは　ときには　まじめに暮らす善良な市民たちをも　指弾する　聖なるものを見失ない日常に低回してより高きものへの動きを忘れたことの原罪で
—Handwerker siehst du…Denker…Priester…gesetzte Leute…aber keine Menschen—

（きみは見る　職人…思想家…僧侶…
分別のある人々…しかしひとりの人間も見ない）

ここでは　いくばくかの聖なるものを身に付けているはずの職人や思想家や僧侶さえも
免罪されていない　詩人の眼差しは　それほどまでに厳しく　かれらの　作業する　思
考する　祈祷する　身振りそのものに　付きまとう　生き生きした命のものと無縁な　め
かにっくで非人間的な　動き　を見逃さなかったのだ

—Ein Zeichen sind wir, deutungslos
Shmerzlos sind wir—
（一片の記号だ　ぼくらは　意味もなく
痛みもない　ぼくらは）

ぼくらは無機質の一片の記号と化してしまった　まるで　この詩人は　二百年ごの　アンテナを頭部にいっぱい張りめぐらし　コンピューター化した　ぼくら人間たち　空を乱れ飛び地に氾濫する知識や情報や技能を詰めこむために　歯車や電線やゼンマイで張りめぐらされた　からくり仕掛けの人形　となった　ぼくら人間たち　の登場を　予言していたかのようだ

知識や情報や技能を詰めこむ身振りそのものも　詰めこまれた知識や情報や技能そのものも　生そのもの　ではない　生への　途上　架橋　道具　ではあっても　なぜなら　生の名に値するには　ぼくらの命が　根源から生き生きとしていなければならない　からだ

それらの文明の呪物は　ぼくらを　そんな真正の生へと　運び　成熟させ　花咲かせるのでなければ　無だ！──と　詩人は　叫びたかったのだろう

shmerzlos（痛みもなく）　この痛烈な語の矢は　世界が給仕してくれるさまざまな呪物たちに囲まれ　一世紀ごとにより饒舌により浮薄により群れながら　まわりの惰性と凡俗とを　もはや痛みとして感覚できない　麻痺したぼくらの頭蓋　を射ぬく

shmerzlos（痛みもなく）　この鋭利な語の刃は　日々の微温に浸って　ついぞ覗かれることのない　ぼくらの内部の暗がりで　しばしば　羽根を毟られてうずくまるか　しばしば息たえだえに瀕死で横たわる　あの原憧憬の鳥たち　の最後のとどめを　刺す

このオリーブグリーンの本の最後のページの最後の文は次の言葉で終わっている　それは真正の生を憧れつづけたこの詩人の究極の叫びにちがいなかった

—einiges, ewiges, glühendes Leben ist alles—

（ただ一つ永遠の燃え上がる生　それが　すべてだ）

4　超越への鳥

この詩人の鳥が飛翔する
　聖なるものの気圏の
　純粋すぎる真空度と透明度
それと　ちょっぴりの抹香臭さ　に
息切れして　ぼくの鳥が　さらなる
　追尾を断念して　から
手筐の底のあのノートも
書架の奥のあのモスグリーンの本も
ついぞ久しく開かれなくなっても

この詩人の像は　ぼくの内部の

記憶と忘却の落差を超えた深みで
ほとんど半透明に血流に溶けながら
沈澱していて　いま　ふたたび
あの交響曲第四番を聴いているぼくの
閉じた瞼に　アルペンの雄姿を
伴なって　浮かびあがってくる

そのときだ　同時に　ぼくの唇に
かってあの楽劇に捧げた詩の
断章が　飛来してきたのは

—ぼくら命あるものの憧れを
根源的に　同時に　超越的に
牽きつける　神秘な甘美さ

〈耳の中のオーディオルーム〉Ⅱの8〈トリスタン和音Ⅰ〉

…………………………………　甘美さが
……　こんな潜航する深み
こんな飛翔する高みにまで
昇降する神秘さ　こんな深遠さと
高貴さに浸透された神秘さ―

この賛歌は　伝えたかったのだ
生きとし生きるすべての命が
より生き生きとした　より
鮮冽な　生の歓び　を憧れている　と
そして　その歓びの至高点は
神秘な甘美さだ　と

神秘さ——これは　つねに
日常から秘儀へ　陳腐から鮮冽へ
直線から螺旋へ　歩行から舞踏へ
　羽搏こうとする　内部の鳥の
　超越の運動　を孕んでいる
神秘な甘美さ　それは　そのまま
超越する甘美さ　と同義なのだ

そして　いま　やっと　ぼくは気付いた
この詩人の〈聖なるもの〉も
ぼくの〈神秘さ〉と同じく
より生き生きとした歓びの生への
　超越の運動を孕んでいた　と

互の内部の　感覚も認識も
　届かない幽暗な　別々の空で
聖なるものを憧れる
　この詩人の巨きな鳥も
神秘さを希求する
　ぼくの小さな鳥も
同じ振幅で翼を共振し
同じ声紋で連呼しあいながら
同じ超越の方向を目ざしていた　と

こんな比翼の鳥のことを
ぼくは　別の本の　ある　夭折の

詩人への献詩で　歌っている
―遺稿詩集と　同じ語韻　同じ配列
の語句を　詩人の　ぼくの
それぞれの海鳥が　ともどもに
憶えていた　としても
そして　…　同じ血液型
同じ翼型　同じ太陽コンパス
同じ共鳴板　をもつ　血縁　だった
としても　……　もう　不思議はない―

これに　いま　さらに
一語も　付けたすことはない

魚の見た青い花樹

物語詩◉

Ⅰ　朝礼の花陰で

Ⅱ　銀ネズミ色の海の近くで

Ⅲ　失翼した空の下で

I　朝礼の花陰で

1　朝礼の少女

生徒たちが密集方陣を組んで
　神妙に校長の垂訓を聞いている
　朝礼の校庭で

縦列の後尾にいつも隣りあって
　並ぶ隣りのクラスの　その少女の
　とり澄ました横顔を　少年は
茫洋とした憧れの滲む眼差しで
ちらっちらっと盗み見る

少女の　すらりと伸びた果樹の
姿態　艶やかな白桃の果肉の
顔立ち　そこから　朧げに
燻る　花液と花蜜のまざった
淡く蒼い　幻の異性の匂い

少女とは　ときどき　視線が
会っても　ずっと無言だ
一度だけ　少女が　眉をひそめ
うっすら微苦笑する顔を
それとなく少年に向け　ぐちっていた
あの一言を　除けば
〈校長の話　長いわねぇ〉

朝礼の間じゅう　少年の脊椎の
鉛直線は　かすかに傾むき
かすかに揺らいでいる

2　時よ　止まれ！

淡々と退屈にまっすぐ
朝礼の灰色の時間は　進む

時間は　少女の果樹の

枝葉や花弁に引っ掛かり
流れを足踏みさせ

少女を中心に　春の陽光に軽く
　惑乱されながら　少年を
　巻きこんで　渦状にたゆたい

もう　少年のまわりで
異次元の薄水色の
流れない時間が　ふしぎな
甘ずっぱさで　淀んでいる

少年の内耳の奥の
　暗い毛もの道を
ふいに　なにかの
　叫びが　突っ走る

まだ言葉を知らない
　こんな思いの叫び
―このまま　このまま
少女の花陰で　時よ　止まれ！
昨朝　今朝　明朝　と
　絶えることなく　永久に
時よ　止まれ！―

少年の声紋も
　すこし混じって
しかし　聞き慣れぬ声だ
なにもの　叫んだのは？

3　内海　淡水魚

淡水魚たちだ　少年の
　深く暗い内海から
叫んだものは
すべての少年たちが
　少女に向かって架ける原憧憬

その力は　淡水魚の形を
している　から

胎児の鼠蹊部のウォルフ管と
ミューラー管を地軸に
そのまわりに　少しづつ
海水が張られ
地磁気が埋められ
汀線と干潮線が曳かれ
稚魚と魚卵が放たれ
てきた　内海

その水底から　淡水魚たちは
水面に浮上し　毛もの道へ

叫びを　吹き矢を吹く恰好で
　投げたのだ　あの朝

それから　かれらが
砂嘴か三角州で　漁火を
焚く　それを合図に
少年は　少女に向き
憧憬の燭台に点火する

4　ボールを　ボールを！

夏の太陽が　跳び廻る生徒たちの
背中に　ぎらぎら乱反射する
眩ゆい運動場でのこと
友人とキャッチボールをする
少年の手から　ふと逸れ　向こうの
少女たちの円陣に転んでゆく
ボールを　二人で競って追う

ひとりの少女が　足もとのボールを
拾った　あっ　少年はどきっとする
あの朝礼の少女だ！

少女の手は　投げ返そうとして
いっしゅん　ぴくっとひるむ
二人のどちらに投げようか？

ぼくに　ぼくに！
ボールを　ボールを！
必死で喚く少年の念呪の
　叫びの終わらぬうちに
ボールは　美少年の友人の
　掌に　握られている

朝礼ごとにあんなに近くにいる
　少年を無視した少女の

冷たさへの恨みと　少女に
選ばれた友人への妬みを
いっしょくたにした　鬼火が
少年の思いの闇で　ひとしきり
かっかかっか飛び舞っていた

5　野イバラの野道で

少年は　家路を辿る途中で
遠廻りして　小学校の裏手の
いちめん野イバラの白い小花が
咲き乱れる小川沿いの野道を

歩いている

夕暮れだった　山頂に沈みかける
太陽のまわりの西空に　わずかな
オレンジ色を残して　あたりいちめん
濃ゆい藍青色に染められてゆく
幻想的なほの明るさ　のなか

ふと　向こうから　しきりと
高い笑い声を立てて喋りながら
白っぽい服を　夕映えに
ぼおっと浮きださせ　二人の

少女が　こちらへやってくる
少年はまたはっとする
一人はあの朝礼の少女だ！

二人はだんだん迫ってくる
どうしよう？　少女とすれ違うとき
　少女と視線があったとき
黙礼するか〈やあ〉と手を上げる
ぼくを　またも　少女が　無視したら
いっそのこと薄闇に紛れて
　知らん顔をして…

あっ　もう　すぐそこだ！

お喋りが止まった
少女はぼくに気付いたのか?
少女の視線の方向が気になる
確かめるのが恐くて　とっさに
少年は顔をうつむける

あっ　いま　すれ違う!　その瞬間
少女に投げかけるつもりの挨拶の言葉が
ふいに　喉にひっ掛かり　舌に絡み
少年の唇は　ちょっと　なにかの
　獣の呻き声に似た　意味不明の
　くぐもり声を　洩らす

いっしゅん　少女たちは　顔を
　少年に振り向けたようだ
そして　くすくす笑いを
　少年の背中に投げかけ
すうっと　紫紺色に塗りこめられた
　暗い夕闇に　かき消えていった

それから間もなくだった　朝礼で
少女の姿が見えなくなったのは
海辺で待ちくたびれた淡水魚たちは
水底へ引き揚げ　長い冬眠の季節に
　入った

Ⅱ　銀ネズミ色の海の近くで

1　社宅の少女

起伏する稜線の切れ間から　いつも銀ネズミ色に光る海を遠くに見晴らす　丘陵地の　緩やかな斜面に散開する　田舎町

その片隅の　松林の陰の　空室の目立つ長屋ふうのアパートの一室　を借りることに決める　肺から血を吐いて　南の高原の療養所に送られ　一年の入院生活を終えて　退院したばかりだった　ぼくは

病みあがりとはいえ　ぶらぶらするわけにはゆかない　居間をそのまま使って　学習教室を開こう　マジックで生徒募集のビラを近くの電柱に貼って

すると　近くの農家や市営住宅や社宅から　ぽつりぽつり　生徒たちがやってきた　その中にまじっていたのだ　すぐ近くの紡績会社の社宅の　卵形の顔立ちから明るい笑みを撒く　その少女Sは

2 花束

授業のない日旺日の午後の
もの憂くもの寂しいアパートの一室
その中で　ぼくが　次の授業の
　教材作りで忙しくしている　と

ふいに　扉が軽くのっくされる
ぼくは　はっとする　そこに
立っていたのだ　ぱっと
　流れ込む六月の陽光を背に
すこし含羞に瞬く　その少女が！

思いもかけぬ来訪にきょとんと
　狐につままれたぼくの顔付きに
　くすくす笑いを投げ
少女が　差し出す　花束
受け取るぼくの修道僧じみた手は
ひそかに顫えている
ひとりの少女から　こんなにじかに

向かいあい　捧げ物を贈られた
優しい記憶は　ついぞない

光線のぐあいで　灰緑色にも
青灰色にも暗緑色にも変幻しながら
群舞する　神秘な五角形の花弁たち
〈きれいだねぇ　なんという花？〉
〈ええっと　なんだっけ　長たらしい片仮名の？　さっき庭で摘むとき
母に教えてもらったばかりなのに…〉

遠い日の小学校の校庭の
あの朝礼の少女のあと
ひさしくずっと　ぼくの視界の

地平線の向こうの　みしらぬ
果樹園へ　遠のいてしまった
少女たち

そこで
蒼く硬い瘦果の
微風にも震える軽い果肉の
封蠟された花蜜の
無性で無臭の花香の
果樹　になったと　ぼくに
思えていた　少女たち

ときたま　空の澄みぐあいや
風の向きで　少女たちの笑い声や
話し声が　果樹園の方向から
はるばる飛来してきて
孤独に籠る部屋の窓をこきざみに
叩き　修道僧じみたぼくの耳を
そば立たせる　午後が
なくもなかったが

そんな遠いみしらぬ果樹園の少女たち
から　ひとり抜けでて　地平線を
跨ぎ　いま　そこに　立っている
花束をかかえ　ひとりの少女が！

いずれは枯れてゆくこの花束
それはもう明日にも枯れていい
ぼくは　すばやく　こっそり
この花束から　目に見えぬ花束を
　剝ぎ取り　奥深い内なる園へ
走って　その星形の花弁たちを
不壊の星座の形に　蒔いた　から

3　青磁色の磁気

卵形の顔立ちから

漂よってくる　少女の内海の
沈水植物の　花芯や花液や花冠や
花蜜の　水色の異性の匂い
それが帯びる　青磁色の磁気

ぼくの時計や磁石の
針をすこし狂わせ
ぼくの時間と空間の
感覚をすこし攪拌し
ときおり　ぼくを　時刻も
地名もない大地の秘境へ
迷い込ませる　惑乱の磁気

気の遠くなる昔からの
星や海や地の地磁気
石や砂や骨の磁性　を
少女の　内海へ　魚卵へ
受け継いで　沈水植物に
吸いこんだ　根深い磁気

4　内海の渚で

その青磁色の磁気の魔法の
一吹きで　あっというまに
少女は　ぼくの内部を

透過し　思考の　慣例の
法の　どの測鉛も　届かない
深みへと　潜って　内海の
波打ち際に　降り立っている

〈むろん　そのとき　少女は　像だ
ぼくの水晶体のプリズムで集光され
ぼくの虹彩の屈折率で投映され
ぼくの願望の手で修正され
ぼくの固有の括弧でくくられた
〈少女〉の像
ぼくはひたすら祈るばかりだ
その像が　この少女自体と
そんなに食い違わず　ぼくに

そんなに冷ややかでない　ことを）

早くも　少女は　渚に走り
靴を脱いだ素足を波間に
　浸したり　汀線に沿って
ぴちゃぴちゃ飛沫を蹴たてて
びしょ濡れで走っている

そして　少女の水面に投げる
映像の　千々に散る砕片を
くわえようと　淡水魚たちが
騒然と群れている　河口に
三角州に　砂嘴に　潮溜りに

淡水魚たちは　額に側線に耳管に
折り畳んでいた夜光針を
いっせいに毳立て　少女から
放射する磁力線を　受信しながら

呑み込んだ少女の映像の
繊維から撚り糸を紡ぎ
少女をめぐる悲喜こもごもの
夢の綴織りを　縫って　ぼくの
真夜中の瞼の遠浅や吃水線に
送り届ける

5　少女は近づき遠のく

だから　そのころ　ぼくは　すこし異様な頻度で　少女の夢を見た

…障子を開ける　まだ夜明け前の　濃紺の空に　目を見張るほど異常に近い頭上で　星座たちが　きらきら煌く　その下で　水車小屋や水仙の群生の見える　滄々とした水郷の風景が　広がって　すぐ目前を流れる川の銀灰色の水面を　ぎくぎく櫂を漕いで　小舟と人影が　こちらへ近づいてくる　あっ　Sだ！　しみじみと浄福に涵された気分　…

…教室で　授業をしているぼくのすぐわきに　あの少女が　坐る　ふいに伸びてきた少女のむきだしの夏の日焼けした小麦色の腕が　机の上で　ぼくの手の甲に触れ　意外にもそのままじっとしている　ぞくぞくっと　ぼくの背筋を　つづけざまに走り抜ける　甘美

な戦慄の火打ち石の閃光　二秒　三秒　四秒　…　このまま　このまま　時よ　続け!
…

早くも　少女がぼくから遠ざかってゆく悲しい夢も　見た　それらは　だんだん高ぶってゆくぼくの禁断の憧れを放っておけないと思った淡水魚たちが　警告のために届けてきた夢　らしかった

…しーんとした夜の街路を連れだって歩いていた少女がいつのまにか消えている　ぼくは　少女を捜して　駆けだす　ふと見上げると　屋根から屋根へ跳び移る　すばしこい妖精のような少女の影が　見える　急いでぼくも近くの屋根に登るが　見渡すかぎりの屋根屋根は冷たい砲金色に光ってしーんと黙りこくっている　…

…カウンターに部厚い本が積まれている　そばに立つ少女がそれらをぼくに差しだす　両手を伸ばしそれらを受け取ったぼくの体は　そのとたんに　本の重みでさっと縮んで消えほとんど眼球だけになったぼくが　床に転がり　ぼくを救おうと屈みこむはずの少女を早く早くと待ち焦がれているのに　冷ややかにつっ立ったまま動こうとしないSを　怨めしげに見上げている…

6　少女が来る旺日

今日　少女は　来る
異例に朝早く　窓外で
鳥たちの囀りが　騒めいている

が　なにも新たに起こらないだろう
ぼくの指は　近くに坐る少女に
　触れないだろう
少女の睫毛は　ぼくに向いて
　瞬きしないだろう
少女の瞳は　その水面に落ちてきた
　ぼくの像を　すぐ沈めるだろう
遠くで　銀ネズミ色の海は
いつもの色を変えないだろう

しかし　今日　少女は　来る
その思いだけで　朝から
時間が　光が　風が　樹が

すこし顫え　すこし揺れ　ている
このうす汚れて寂しく
　虚ろな惑星の上で

7　道化師

〈授業はまず面白くなくちゃあね〉
いつだったか　道で出会った知人が
別れぎわに投げかけた　この呪文

ぼくの　耳穴にこびりついていた

この呪文が　いまになって
しきりと　耳鳴りしだし
授業ちゅう　少女の視線に
見られると　ぼくの耳管の階段を
転げながら昇降しだし

そのうるさい足音で　むっくり
午睡中の家神までもが
起き上がって　喚きだす
—そうだ　そうだ　授業を面白くして
なんとしても　ここへ　ひき留めて
おかねば　少女を　少女を!—

すると　どうだ　寡黙で顰めっ面の
修道僧じみたぼくの顔のすぐ裏手から
すいすいひょいひょい　自分でも
不思議なくらい　駄洒れを飛ばし
黒板に戯画を書き連ねる
おどけた道化師のお面が
つぎつぎと踊り出るのだ

ほかの生徒たちといっしょに
ぎくぎく体を揺すってからから
げらげらと笑う少女を　ぼくの
瞳孔から覗いて　家神は　にんまりだ
—しめしめ　してやったりだ
この調子　この調子　これで

あの高笑いが　しばらくは
ひき留めようぞ　この明眸の少女を
なんでも　授業はまず面白くなくちゃあね—

8　空想の海辺

それからも　少女が　庭で摘んだ花束や飼っているスピッツをかかえて教室を訪ねてきたり　修学旅行や古物市で買った郷土人形や一輪挿しの花瓶をくれたりする　嬉しい日があった　あとに

もっと嬉しい日が　続いた

もう夏休みの近かったその日　授業が終わったあと　少女

は　友だちとあの銀ネズミ色に光る海までハイキングをする計画を　打ち明け　ぼくを誘った〈先生もいっしょに行かない?〉〈いつだね?〉〈八月の始めごろ〉　参加を約束するぼくに　少女は〈嬉しい!〉と叫ぶ　ひとしきり　ぼくは　まだ行ったことのないその海辺のその日の情景を　空想するのだった

陽よけのつばの広いサンボネット
なんかを被り　スカートをまくって
渚のさざれ波と戯れ
さんざめく　少女たち
頭上で爽快な旋回飛行に
酔い痴れる海鳥たち
ぼんやりと霞んで午睡したり
空想に耽ったり物想いに沈む
沖合いの小島たち

すこし疲れて断崖の陰に坐る
　ぼくの方へ　陽光と海風に
　まぶされ眩ゆすぎる姿態で
　近づいてくるS
ぼくの髪の上で　かのじょの
　脹らみかけた胸がほんのすこし
　傾むく　と　たちまち
　波立つ内海　立ち騒ぐ淡水魚たち

少女の笑まいに一点の
　曇りもないこの喜悦の昼下り
少女にいちばん近々と

寄っているこの浄福の昼下り
しかし　同時に　それは　満潮へと
昇りつめた　海辺の昼下り
そのあとに　どんな出来事が
残されていよう　干き潮となって
降ってゆくほかに
永遠に満ちることのない
　ぼくの憧れの潮溜りを
渇かせ焦がれさせたまま

砂浜でドッジボールなんかで
　どっと湧き立つ少女たちの
　喚声を　聞きながら
水平線へとだんだん遠ざかる

白い船影を　見送る　ぼくの
もの憂げな眼差しは　早くも
出会いの歓びの眩ゆすぎる
陽光を浴びるなかで　不安げな
離愁の翳に　涵されている

9　異変

八月に入ったというのに　少女が告げるあの時めきの日をいらいら待つぼくに　Sは　黙ってる　まるでハイキングの話もぼくとの約束もけろりと忘れてしまったようだ　それどころか　中旬頃から　これまできちんと教室に来ていたSなのに　遅刻や欠席が目立ちはじめる

少女に何が起こっているのか？　　ぼくと教室に関わらない　なにかやむをえない　外部の事情　に因るのなら　それはそれでいい　しかし　それならそれで　なんの逡巡も困惑もなくぼくに異変の理由を告げれるはずなのに　Sは　不気味に黙りつづけている

さいきん駅前の大きな進学塾の入口に立つSを見たという噂を聞かされても　ぼくは　聞かなかった振りをして　その噂の真偽を　少女に問いただしはしない　少女の真実に触れるのは　なんだか恐ろしい　ぼくと教室から離れてゆきそうな予感がしてならない少女の真実に触れるのは

10　幻の靴音

今日はSが来るはずの土旺日
Sは　今日はきっと来る
　いや　今日もたぶん来ない
希望と諦念が刻々と入り乱れて
　心臓の周囲を駆けずり廻り
ぼくは　いらいら落着かない
座ったり立ったり　窓辺に近づいたり
　離れたり　問題集を開いたり閉じたり

もし　今日も来なかったら　こんどこそ
Sに　きっぱり手渡してやるぞ

愛と憎の間を揺れるアンヴィバレンツに
煽られ　淡水魚たちと家神が
密議しあって　少女がぼくから去る
悲劇の起こるまえ　ぼくが少女を
去らせる狂言を　仕組んでおこうと
ぼくの指に代筆させた　この絶縁状
—きみは　遅刻や欠席をくり返して
教室の空気を乱すので　次の回から
来ないでほしい—

時計を見る　もう始業時刻だ
ぞろぞろ入ってくる生徒たち
その中に　Sは　いない　今日も！
黒板にチョークを走らせながら

ぼくは　耳を窓外にそば立てる

もう　とっくに中学校の校門を
くぐり抜け　少女は　役場を麦畑を
木橋をバス停を通り抜け
いま　最後の四つ辻のタバコ屋の
角を曲って

ほら　いまにも聞こえてきそう
遅刻を気にして息せき切って
教室の前の小路を駆けてくる
少女の　若い牝鹿の足の
小走りで軽く地面を擦過する

いつもの独特の靴音

ぼくはちらちら扉の方を見る
ほら　いまにも　そこがぱっと
開いて転がりこんできそう
はあはあ息を弾ませ
少女の妖しく紅潮した顔

11　砕けたコップ

そんな日の夕べ　自炊ばかりのぼくは　久しぶりに駅前の大きなレストランに入った

店内は家族連れや恋人たちでごった返していた　ひとりぼっちのぼくは　店の隅っこの
立ち食い用のカウンターに連れてゆかれ　背の高い椅子に坐らされ　落ち着かない中腰の
恰好で　カレーを食べ始めて　ふと振り向いて　はっとした

向こうの窓ぎわのテーブルを囲んで両親とメニューを覗いている少女　あっ　Sだ！
とっさに　ぼくは　カレーの皿の上に　狼狽する顔をつんのめらせ　そのひょうしに　震
える手に触れたコップが　カウンターに転んで水を撒き散らし　床に落ちてがちゃと派手
な音を立てて砕けた　おろおろして破片を拾うぼくの　首や背中に　突き刺さる客たち
の目線の集中砲火　よりも　Sの目線が　ひどく気になる

いま　Sの目線は　その先端で　ぼくのこのおっちょこちょいの失態ぶりに　授業中のお
どけた道化ぶりを　重ね合わせているだろう　Sは　もう見抜いてしまっていたのだろ
うか　教室にひき留めるために　笑いをふり撒くおどけた身振りで　少女の歓心を買おう

とする浮薄な道化師のぼくの　陰湿で不法な魂胆を

いま　Sの瞼は　刻々と惨めなぼくの姿を　見届け　焼き付けているのだろう　Sの記憶は　のちのち　ぼくのことを思いだそうとすると　このレストランの惨めなぼくの像しか　もう浮かび上がらせなくなるだろう

皿に食いさしのカレーを残して店から遁走するぼくを　ガラス窓越しに見やりながら　Sは　両親に囁くだろう―あの先生はいつもあんなふうなの―　両親はSに答えるだろう―あの教室を辞めてよかったね　ちょっと遅かったけどね―

12　魚眼レンズ

…夜明け前の濃ゆい朝霧のたちこめるあの銀ネズミ色の海　そのほの暗い海辺に　ぼくは
生徒たちとハイキングをして　着いたばかりだ　リュックを背負って砂浜に集まった
六人くらいの生徒たち　その中に　Sが　いない！　出発のときはいたはずのSが！　み
んなで手分けをして捜す

ごつごつした岩場で海面を覗いていて　ぼくは　ふいに足を滑らし　海中に投げ出され
海草に足を絡まれ　溺れかける　悲鳴を聞いて駆けつけた生徒たちの黒いシルエットが
水面の上から　めいっぱい差し出す手は　浅い水深に沈んで横たわるぼくに　届かない

あっ　いつのまにか　Sの顔が　見える　生徒たちのシルエットの列のいちばんわきに

墨絵のようなモノクロームの濃淡でゆらゆら揺れる水面に　そこだけぼおっと蛍光色に底光りして　Sが　異様に妖しい眼差しで　ぼくを覗いている　開いた口でなにか叫んでいるようだが　ほかの生徒のように救いの手を差しだそうとはしないS　その妙に冷ややかな目を　ぼくは　かっと見開いたままの魚眼レンズの目で　呪めしげに見返している　…

Ⅲ　失翼した空の下で

1　憂愁な笑まい

それから何年が過ぎてからだったろう　町の中心近くの　畳敷きと長机は変わらないがもっと広くなった　新らしい教室　へ移ったのは　すると　生徒が急にふえてきて　だれか手伝ってくれる者が　急いで必要になって　どうしようと思案顔のぼくの瞼を　ふいにこの少女Rの顔が　閃いて掠めた

めったにほころびることのない笑まいに　なぜか憂愁な薄彩色の陰影が　翳ろう　もの静かで寡黙な　少女R

いつも授業が始まる五分前に入口のわきに立って　先行の小学生のクラスの授業を見るともなく見ていて　ふとぼくの逸れた目線と交差する瞬間の　伏さる少女の視線の　なにげ

なさが　そのあと妙に　ぼくの睫毛に　鱗翅類の羽根の翅刺のようなものを　ひっ懸けて
　そこを幽かにちくちくさせ　交替の時がくると　たいていぼくの前の席に坐って黙って
いた　少女R

いま大学への進学の勉強で忙しい高校三年生のはずのこの少女に手伝いを頼むことに　気
後れして　受話器を取っては置く逡巡の身振りをなんどかくり返したあと　思いきってダ
イヤルを廻す

〈きみも進学をひかえて気ぜわしいだろうから臨時でもいい　手伝ってくれないかね?
今度の日旺日〉
〈日旺日?　月旺日に模擬テストがありますけど…〉
〈それはまずいね　じゃあ　ほかのだれかを当たってみるよ〉
すこし沈黙

〈いえ　行きます〉
〈しかし　テスト前だから復習をしないと…〉
〈あら　模擬テストって前もって復習しておくものかしら？　先生〉

2　なぜ　この少女　だったのか？

なぜ　この少女　教室を去って
久しくま見えることのなかった
この少女　だったのか？
ほかの　もっと明朗でもっと気さくで
去ってからもなつかしげに訪ねてくる
もっと親しげな　教え子も

いなくはなかった　のに

やっぱり　ぼくは　ひそかに
この少女に牽かれていたもの　なのか?
やっぱり　少女は　ぼくの暗く深い
内海から浮上してきたもの　なのか?
ぼく自身にもはっきりとは分からない
その謎の理由を　淡水魚たちだけが
知っている

中学生だったこの少女とま向かいに
　坐っていたあの頃の日々
その姿態や身振りを透かして

ぼくには辿り着けそうもない
　遥か遠い幻の果樹園か花園に咲く
果樹の　渦巻き花芯　散房花序
唇形花冠　に囲まれた　神秘な
　異性の匂いの磁場を
少女の脹みかけた胸の双の
　半球墳の地中に　淡く朧に
ぼくは　思い描いてはいた

それが放射する磁力線に
　しらずしらず　ぼくの内部は
浸透され　ひそかに　あの頃から
内海は　この少女の像を　投錨して
祀り　その周辺を　鎮守のために

淡水魚たちは　巡邏しながら
ひそひそ声で　少女の再臨の日を
祈願したり占なったりしていたのか？

3　手伝いの日

日旺日　Rは　鮮かな青色の服を
　着て　手伝いに来た
象牙色の額に　前髪が　艶やかに
　光って　垂れていた
ま見えなかった二年とちょっとの間に
鼻筋のわきは　うっすらと

成熟しかける女の彫りの深い
陰翳で　縁取られていた　が
憂愁の薄彩の翳りの漂うようあの
笑まいは　変わっていなかった

その日　少女は　てきぱきと
小学生のために　ノートを採点したり
ヒントを与えたりコピーしたりしながら
ときどき　生徒のおどけた身振りに
　顔を紅潮させて笑っていた
手伝いが終わって　いつもの
　神妙な顔付きに戻った少女は
ぼくの前に坐った

〈久しぶり　ここに坐るの　なつかしいわ〉
そこは　あのころ少女がいつも
　陣取っていたRの座
ぼくは　新たに生まれた
　その星座を　ひそかに　日記の
　秘密の星図に　書き留めておいた

〈いずれ　正規に助手を頼むつもりだが　とりあえず　きみが来てくれて助かったよ
日旺日や祝日はどうしてる　むろん受験勉強はしているだろうが　その合い間は？〉
〈いつもぶらぶらしています〉
〈え？　ぶらぶら？　ほんとに？〉

少女の顔は　憂愁な陰影の
　翳ろう笑み　に戻り
うつむきかげんにうなづく
忙しい―でなく　ぶらぶらしてる―
　と云う少女の心根の底に　なにが
　秘められているのか　ひょっとして
教室の手伝いを厭わないなにかが？
〈じゃあね　これから　ぼくが手伝いをたのむと電話したら　来てほしい
　むろん都合の悪いときは遠慮なく断わっていい〉
〈ええ　来ます〉

4　嘆き――なにをしていても…

それから三回ほど手伝いに来て　その夜　授業中は用件だけで　手伝いを終えて　ま向かいに座る少女と　すこしばかり話しあう　さようならを告げるまえの短かいなん分間か

〈わたしの家の家計では私立は無理で公立を目指しているんだけど　近ごろ　急に　勉強に身が入らなくなったんです　自分でもわけが分からないくらい　それに　両親は些細なことですぐいがみ合うし　兄や妹はうるさいし　ときどき家出したい気分になります〉

立ち上がりかけた少女は　目線をあらぬ方へ逸らしながら　独り言のように呟いた　〈授業を受けていても　部活に忙しくしていても　友だちと喋っていても　テレビを見ていても
もうなにをしていても　虚ろな感じ　さようなら　先生〉

ぼくは慄然とする
〈もうなにをしていても虚ろな感じ〉―少女が呟いたこの言葉の痛烈な嘆きの矢が　ぼくの胸にぐさりと　突き刺さる　それを呟く瞬間の少女の語韻と声紋の沈鬱な響きが　ぼくの内耳で　木魂しつづけた　断続しながらいつまでも　その夜から

5　翼をもつなにかが…

いま　見しらぬ生の暦の第一ページを
めくったばかりの　新鮮な十八歳
見しらぬ生の水平線へ半島へ港へ

舟出したばかりの　華やぐ十八歳

しかし　きみの十八歳は　取り巻く
世界の格子に　封じ込められ
死んでいる時空を　嘆いている
―もうなにをしていても虚ろな感じ―
日毎の生活の淀んだ流れに鈍重に
漬かって　もう嘆くことさえも
忘れてしまった　ぼくら市民の群れ
そのなかで　ひとり

嘆きの背後で　きみに聴こえないか？
そのとき　同時に　哀切に　祈り

憧れ　夢みる　なにか　の叫びが
—生きられる時間が慾しい！—

虚ろさの底に　きみに見えないか？
なにかが　いる　そう祈り憧れ夢みる
なにかが　格子の隙間越しに
この失翼した空の遥か彼方を窺う
翼を持つ　なにかが

日毎の生活の
混濁を透かして
　内部を見つめる目を
喧騒を透かして

内部にそば立てる耳を
研ぎ澄まし　見つけてほしい
その鳥のようなものを

そして　そのもののために
まず　内部に　栖み家として
羽搏ける空間を孕む塔を
築いてほしい　せっせと　錬瓦を
一つまた一つ積んで

そこに　いく年月　そのものを
守り　育み　いつの日か
巣立たせるのだ　少女よ

その翼にきみの内部を吊して
生きられる時空の国へと！

6　給仕と儀式の指

いま　少女よ　きみと同じ　ぼくも
囲む世界の格子に鎖され
死んでいる時空を呪う　もの

教室を開く　これも　パンのための
およそ　ぼくの　命の根源から

内なる塔から　ほど遠い
外部の偶然な出来事

いま　ぼくは　生徒たちの
頭蓋へ胃袋へ詰め込むための
○△×　記号　数字　文字
を盛った皿　の調理と給仕に
忙しく　増える生徒の数ごとに
より奮い立ち　いっそう忙しく
立ち廻る　厨房の料理人

いま　ぼくは　集めた生徒たちに
世界の祭壇へ　その奥にどんな

ご神体が祀られているかも
知らず　呪物や燭台や刃劔を
せっせと貢がせる　空疎な
供物の儀式を　司る　祈祷師

いま　世界は　触れようと
ぼくの指が近づくと　脆くも
がらがらと崩れてしまう
コンクリとプラスチックと
メタルとガラスの冷たく硬い
巨大な積み木の密集方陣
触れあうものが　ない！　少女よ
きみ以外には　なにひとつ　いま

ぼくも　また　少女よ　死んでいる
時間を嘆き　生きている
時間を希求する　もの
ときどき　窓外で　見えない
海へと急ぐ鳥の群れの
掠める羽音　遠ざかる飛影　に
ぼくの　せかせかと動く
給仕と儀式の指は　しばし
立ち止まり　水平線の彼方に
夢みる　魂と魂がかたみに
響きあう交感の島

7　白昼夢

取り巻く小学生に　いつもの憂愁な陰影を掻き消した明るい笑顔で　応待する　手伝いの時間　その切れ間で　少女は　ふと　こんな白昼夢を　洩らした

〈わたしは　本当は　人間嫌いなの　好きなのは　子供たちと動物たち　だから　わたしの夢は　こんな教室かどこかの牧場で働くこと〉

〈大学はどうなるんだね？〉

〈近ごろ　急に　大学へ進む気が　なくなったんです　親には隠しているけど　大学でも勉強に追い立てられ　命を消耗してゆくと思うと…　いっそのこと　大学へ進むのを諦めようかと　迷っています　先生はどうしたらいいと思いますか？〉

〈ぼくは　きみが近くのどこかの大学か短大へ入って　ひきつづき手伝いに来てほしいよむろん〉

8　響きの精

ぼくは　ときどき　授業の始めに
教室の空気を和やかにしようと
カセットラジオから　バックミュジック
　ふうに　静かな音楽を流す
その日　手伝いに来る少女に
聴かせようと選んだ　二つの
　管弦楽曲が　少女の耳を
どんなふうに　捉え　魅する　だろう？

まるで　神々の手で創られた
　ばかりの原初の早春の朝のよう

清澄で鮮冽な弦楽器の
小刻みに顫える波紋に乗って
颪と森と小鳥とホルンの
囁きあう滄々とした歌声が
しだいに高まり畝り氾濫しながら
いちめん若草色の音色に染まった
牧場を　くり広げてゆく　そんな
牧童を夢みる少女にぴったしの
〈ジークフリート牧歌〉

フルートのカノンと絃楽器の
アルペジオを纏った典雅で
幽邃なピアノの歌声が
瞑想する足取りで　落葉を

踏みしめながら　森閑とした
薄明の林道や湖畔を　巡る
途中で　木管楽器と華やぐお喋りの
あと　哀愁の漂うようひそひそ声で
狭霧の中へ消へてゆく　そんな
もう　憂愁な笑まいの少女に
ぴったしの　晩夏の音楽
〈ピアノと管絃楽のためのバラッド〉

その日　この二つの音楽は　たしかに
少女の外耳を　振動して通った
そして　そのまま過ぎ去ったのか？
それとも　内耳の奥へ奥へ　鼓膜や
耳管を鳴動させて　流れ込み

いまも　蝸牛管で　その心地よい
残響を　山彦させていないか？

少女よ　きみの内耳の迷路の暗がりで
ふいに目覚めたものは　いなかったか？
耳をぴくっとそば立て　―なんだ
　これは？　この妖しい調べは？―
　と自問の呟きをしていたものは？

そのものは　きみに　弾んだ声で
　耳打ちしなかったか？
―なんとなく　遠い日から
こんな調べを予感し待っていた

そんな感じだ　これで
待つことも終わった
こんな魅惑に満ちた調べを
秘めているかぎり　生は
生きるに値する　いざ　いざ
生きめやも！——

少女よ　ぼくに　告げてほしい
きみの耳管のオーディオルームに
栖む　そのもの——響きの精
のことを　いつの日か

9　廃屋の絵葉書

夏休み　少女は　牧場の見学を兼ねた北国への一週間の旅に　出かけた　旅先から　不思議な絵葉書が　届いた　それは　いかにも人嫌いの少女からしい　人の声や臭や騒めきを絶った廃屋の　絵葉書　だった

深まる秋のミズナラやダケカンバやブナの黄や赤の鬱蒼とした葉群れをまわりいちめんに散乱させ　その中心に　静寂と孤愁の染みついた廃屋が　ひとりぽつねんと立っていた

錬瓦造りの壁はところどころ穴があき　四角錐の屋根は凹んで捻れかかっていた　二階の刳りぬかれた空洞の窓を　気ままに吹きぬける風の鬟に狹まって　種子や羽虫や小鳥が飛びぬけていいて　ひょっとすると　深々とした真夜中などには　流れ星やちぎれ雲の破

片までもが　潜りぬけてゆきそうだった

少女は　絵葉書のまわりに　その方形の枠に入りきれないで　はみでたまま　取り巻く
少女の魂に親近な大地たち—星座や山脈　河や湖　牧場や禽獣　詩画集や日記　オルゴー
ルやランプ　…—の円列を　幻想することもできたのだろう

そのために　絵葉書は　その中心に　ぜひとも　この廃屋を据えておかねばならないと
少女は　思ったにちがいない　この廃屋に寝泊り　これらの優しい大地たちを　野放図
に開け放たれた窓から眺望したり　壊れかけた戸口から出て探訪しようと　少女は　夢想
したのだろう

もう　この絵葉書は　そのまま少女の心象風景　のようだ　そして　この廃屋は　少女の

内部に立つ塔—その中で少女の命が生きられる時空を見いだそうと憧れながら栖まう塔—の　外部への投影　のようだ　絵葉書を見つめながら　ぼくは　切に祈った　少女のこれからの生が　この内部の塔を外部に見いだそうとする求道の旅　になることを

10　秘儀

いつだったか　なにげなく洩らした　まさかと思えた　あの白昼夢　を実現しようとする少女　に驚かされる　十月の始め　ふいに　少女は告げる　進学を諦め　同じ高校の先輩が働く北国の牧場へ学校を通して願書を送った　ことを〈十一月からは　ここへ来れなくなるかもしれません　牧場へ見学や実習に行くので…〉

ぼくは思いきって少女を誘う
〈どこかへ二人で出かけないか　自転車で〉
瞼を伏せて少女の短かい沈黙
〈いけないか？〉
瞼を開けて少女の短かい返事
〈いいの？〉
厳粛で甘美で不法の密約

その日　雨上りの朝　約束の九時半の
五分まえ　河畔の　濡れた
木立ちの陰で　待つ
微風に揺られ　さざ波を流して
神秘な燻し銀色に光る　川面に
カイツブリの一群が泳いでいる

〈先生〉　背後から　自転車に
乗って　少女の　すこしくぐもる声
授業から抜けてきた少女の
すこしせわしい息遣い
サドルを握る左手の薬指に
薔薇かなにかの花紋を彫った
くすんだカラシ色の指環

尾ビレをりずみっくに
痙攣させながら　水面を
ぐるぐる旋回している　車座の
カイツブリたちのマスゲームを

少女とぼくは　ちょっとのま
見つめている　まるでだれかたちの
出発を祝福する儀式のよう

線路沿いを　並木道を　土手を
集落を　果樹園を　牧草地を
走り抜けながら　並んで
ペダルを漕ぐ　少女の
後ろ髪の裾の軽いカールが
風の口付けにゆらゆら靡いている

いま　少女との間に　架けられた
なにひとつ遮るもののない

　だれひとり垣間見ることのない
　このたまゆらの蜜蠟された時空
その透明さ！　その内密さ！
その法悦！

11　指切り

二人は　ダム湖の近くの川や湿地や河畔林の入り乱れる水郷の村で　瀟洒な料理店へ入る
　少女はぼくの知らないフランス料理の皿を注文し　ナイフとフォークを操る慣れない
ぼくの手付きを　ちらっと微苦笑して見やったあと　給仕人が差しだす二つのソースのう
ちの透明な方を　これは卵の白味や酢を混ぜたドレッシングだと説明しながら　アスパラ
ガスに振りかける

〈きみは　学科にはそうでもないが　料理には詳しいね　ははは〉
〈料理店へ勤めている叔父が教えてくれるの〉
〈きみは本当に牧場へ行くつもりなのか？〉
〈ええ　行きます〉
〈短大とか一浪して公立へ行くとかは？〉
〈ぜんぜん考えてません　じつは　先日　牧場から採用を内諾する通知を受け取ったと
担任から連絡があったの　まだ親には知らせてないけど〉
〈遠い所へ行くことにきみの両親は反対じゃあないのか？〉
〈母は反対ですが　父はいいと云ってくれます〉
〈どうしても牧場へ行く？〉
〈ええ　どうしても〉

ぼくの顔は曇る
〈きみにいてほしい　きみは小学生たちに人気があるんだよね　牧場の動物たちのつもりで　教室の生徒たちと交わるのは　どうだろう？　きみは子供たちが好きだと云ってたから〉
少女は硬い表情でうつむいて黙る

帰りの途中の駅前で　本屋に寄って　ぼくの好きな詩人の詩集を少女に買い与えたあと喫茶店で　いっしょにコーヒーとケーキを食べる　少女は　別にメロンパフェを口にしながら　急に瞼を伏せて　湿っぽい表情に沈む
〈わたしって　孤独なんよ　ひどく孤独なんよ　淋しいから　だから　早く結婚するかもしれない〉

いっしゅん　ほくはどきっとする　少女が結婚する！　少女がだれかの迎えの騎馬に乗っ

て去ってゆく！　いま　では　そんなだれかが　いるのか？　いや　そう思いたくはない
少女のこれまでの嘆き方からすると　そうは思えない　だが　いずれ　その日は　やってくる　どうしようもないこの世の定めとしてやってくる　しかし　いまは　まだ　早い！
早すぎる！――と声帯の奥で叫びながら　ぼくの表情と口調は　狼狽と失意を隠すために
ぎこちない平静さを装って　心にもない合槌を打つ

〈それもいい　そして　早く子供を産むんだね　子供が好きなんだから〉
〈じゃあ　もしも　仮に結婚したとしても　わたしを助手として使ってくれる？〉
〈むろんだ　きみがどんな状況にいようと　ぼくは構わない　きみにいてほしい〉
〈約束できる？〉
〈できるよ〉

ふいに　少女は　顔を上げ　思い詰めた眼差しを　ぼくに投げる

〈じゃあ　指切りして〉
ぼくは少女よりもす速く小指を差しだす
〈じゃあ　牧場行きはやめます　そして　まえまえから思っていたことなんだけど　教室で週三回か四回パートしながら　なにか技能を身に付ける専門学校に通うことにします
近くに部屋を借りて　いいでしょう　先生　とにかくわたしは家を出たいの〉

喫茶店を出てから　夕闇の迫る帰路をどんな道順で辿ったのか　それきり黙ったまま並んでペダルを漕ぐ少女とどこでどんなふうに別れたのか　なにも思いだせない　半ぶん酔い痴れたものだったぼくは

ただひとつはっきり憶えていることは　道すがら　十一月から少女の代わりに助手として来てもらう予定だった人にすぐしなければならない丁重な断りの電話でどんな婉曲な文言を組んだらよいものか　思い悩みつづけていた　ただそのことだけだった

12　クチナシの香り

そのあとで　中学三年生だった頃の
なんだか夜祭でも始まるかのように
窓外が変にそわそわうきうきしていた
ある夏の夜の教室の少女の姿が
ふと　浮かびあがってきた

その夜　教室へ入るなり　遠くから
来る人と会うため早引させてほしいと
云ってから
路傍の生垣で手折ったらしい

クチナシの花枝をうわポケットに
挿し　その花香をしきりに嗅ぐ　少女を

ちらちらっと見やりながら
ぼくは　微妙な妬みと恐れを
感じていた　少女を　窓外へ
夏の夜闇へ　だれか待つ人を
夢みつつ　連れだそうとする
クチナシの妖しさと惑いに
満ちた甘美すぎる香り　に

ぼくは　切に祈っていた
少女が　ひたすら花香の恍惚を
焦がれて　純粋無垢に　花芯へと
吸いよせられる　無性の
ぼくにだけは異性のまま
ひたすら無性の　羽虫
であってほしいと

その夜　授業の途中で　心ここに
あらずといった仕草で　そそくさと
少女は　教室を去った　（なぜ　こんな昔の
離れゆく少女が　浮かんできたのだろう？）

13　いてほしい　そんな近さに

きみになにが起きようと
きみをなにが捉えようと
外部に　運命に　そうさせておくがいい
それらは　ここから遠い
　地平の出来事だ　から

ときには遠のいてゆくがいい
美しい周期で　美しい
　楕円を描いて　また
ここへ回帰してくるなら

いてほしい
〈なにをしていても虚ろな感じ〉と
嘆いて　きみが　幻想する
生きられる時空　その謎について
(きみの原憧憬が羽搏く時空―
と云っても　いまは　わかるまい)
その方位について　そこへの
旅立ちについて　物語りあえる
そんな近さに

いてほしい
地を這わないで　放物線を
描いて　遠くへ飛びたがる

ぼくの言葉を　地平線に
すばやく走って　きみの内耳が
受け留め　また　さっと戻ってくる
そんな近さに

いてほしい
きみから滲みでる早春の
　早咲きの花の薫りと温もりが
凍りついたぼくの廃園に
泉を穿ち　索漠とした
　時空を　春泥に溶かし流す
そんな近さに

いてほしい
きみの磁場を巡り巡り
高まる憧れの夜潮にざわめく
　ぼくの内海の水辺で
淡水魚たちが　夢を機織り
無言劇を演じ　詩画集を綴る
　そんな近さに

いてほしい
内部の物指しで測れる
　美しい距離が　架かって
もうそれより近くを望まない
　そんなひそやかな近さに

14　別れの叫び

しかし　ぼくは不吉な夢を見る
…通行人たちが黒い影になって行きかう夕暮れ　どこからともなくすうっと　Rが　現われる　口のまわりに黒ずんだ産毛をはやして沈鬱に打ち沈んだ青白い少女の顔に　驚く少女は黙って本を差しだす　密会の日に少女に買ってやった詩集だ　〈どうしたんだね？〉と聞いても黙ったまま　少女は足早に夕闇に消え　まわりで通行人たちが足を止めて怪しげに囁きあっている…

それから間もなくだった　電話が鳴った　不吉な胸騒ぎがした　かのじょらしくない異様にせっついたRの声が　聞こえた
〈急に　教室へ行けなくなりました　親が許さないんです　わたしの書いたものを　母が盗み見て　ずっと前からこんな母を警戒して　隠していたのに…　それで　家出の計画

などがばれて　親たちはかんかんになって…　どうしたらいいか…　もう　わたしはだめ
…だめです　ごめんなさい　先生　さようなら〉

その夜　窓外の狂おしく吹きすさぶ木枯らしに　吸いこまれ　少女の声は　夜闇の奥へ消
えていった　その行く方がいつまでも気にかかりながら　それを確かめる気力は　もう
ぼくになかった

詩集◉

蒼古の記憶

1　壺

粘土に触れる　とたんに
かれの　眼底に　上腕に
なにか目覚めるもの
なにか蠢くもの
なにか叫ぶもの

造形する力　その
化身　土の精だ！

その高ぶる息を

吹きかけられ
指先は　すばやく
粘土へ　蒼古の記憶を
塗り込める

粘土と戯むれた少年の
いく季節の記憶
粘土を捏ねた父祖の
いく世代の記憶
粘土にまみれた
いく光年の獣の記憶

指先は　小踊りしながら

粘土の混沌に　形を穿って
　彫り進む　幻の　壺へ　壺へ

駆り立てられた血の高波が
心臓から　眼底を　上腕を
　巡って　指先へ　担いでゆく
壺を！壺を！と叫ぶ土の精を

指先がちょっともたつく
　と　苛立ったこの精は
指先から飛び降りる身振りで
　嚇し喚くのだ―えい　じれったい
もう　おれを壺に化身させるぞ！

2 硯箱 ―光琳へ―

かれの内部の奥深い蒼古の泉
その口から　たえまなく
　湧きでていた　水　その形―
　流線　螺旋　亀甲紋　籠目紋　…

それらを　ほとんど　瞼を
閉じて　そのまま　なぞって
かれの指が　外部へ
射映してみせた
この耽美するオブジェ

水の刻々と変幻する
一齣一齣に　跳び　渦巻く
命の飛沫を　塗り込め
この舞楽するオブジェ

いま　ぼくらを繋留する
喧騒と猥雑の世界の地平と
断絶して　ひとり　大地の
幽邃の境に　默って息づく
この孤高に籠るオブジェ

3　尖塔

角柱と円柱と半球と凹凸で組まれ
　ぼくにそっぽを向ける
　不愛想な建物たち
のろのろのたくる水牛の
　背中線を描いて起伏する
　鈍重な建物たち
わいわいがやがや犇めく
　そんな建物たち　の隙間から

ふいに　空へ鋭どく尖頂を
　突き刺し　ぼくの視界を

牽く　この尖塔　その
そそり立つ尖鋭な三角錐

その　側面の　稜線の　すぐ
裏側から　なにかが　ぼくに
内密の目配せを　送っている
そこにじっと潜んで　ぼくには
よく分からない　なにかが
何だろう　それは？

両翼をせいいっぱい鋭角に
すぼめ　いまにも飛び立つ
寸前の　始祖鳥？

胸ビレと尾ビレを広げ
水を截って　始源の流線を
創ろうと　泳ぎだす
寸前の　古代魚？

4　古代文字　——書道展で——

墨汁の刻線の　力強い
この　爪立ち　横転　旋回
この　でんぐり返り　けんけん跳び
きりきり舞い　…

いま　手垢にまみれた
意味の錨が　引き抜かれた
意味の積荷を運ぶ
空ろな舟底の丸木舟でも
空ろな目付きの漕役囚でも
もはやない　古代文字たち——
甲骨文字　楔形文字　形象文字
シュメール文字　ヒェログリフ　…

有用であることの
鬱とうしく這いつくばる
無の平面から
無用であることの

軽やかに跳び撥ねる
有の空間へと
羽化し　毳立て！
踊れ　文字たち！

5　晩夏の蝶

森閑としたこの隠り沼
水辺に散る水生植物の
白い花群れ
その上を　夕映えの
琥珀の閃影を線引き

間断なく　飛び交う
いっぴきの蝶

人跡の絶えた大地のおく
孤絶の舞い堂で
自らに捧げる
この狂おしい舞い

羽化　蜜集め　交尾
産卵　どの瞬間よりも
高く　昇りつめている
いま　蝶は　飛翔へ

その宇宙は測り難い
複眼と触角と羽根が
空間軸をくり広げる
しかし　瞬間瞬間が
飛び散って　持続する
時間軸は　ない

もうま近に迫る
死の季節への怯えも
憂いも知らず　晩夏の
憂愁に沈む夕闇のなか
いつ　終わるのか
このひたぶるの舞いは

6　ミズカマキリ

いちめん湿原の世界座標
（ここからは　無地の　無垢の
　大地の一片も　見えない）
格子点から格子点へ命がけで
　移動する一歩一歩

じっと息を凍らせ　全身で枯れ枝を
　擬態する　微動もしない　靜
四肢を枝状に屈伸させた　とたん
　ぴたりと宙に石化する　動

食いつ食われつの血なまぐさい
凄惨な関係の網目をすり抜け
この昆虫を　ひき攣ったまま
どうにか存命させている
能役者——家神　の
鬼気迫る神技　静と動

7　狩りの朝

口を尖らせ　ぶーぶーぶーと
警笛を鳴らして　一片の積み木から

変幻したミニカーを　地面に
這い回らせていた　男児たち

大人になった今も　かれらの
尺骨神経や腕三頭筋に
太古の猟人の血と念呪が
息を殺して潜んでいる

ミニカーと交替に　男たちの血管の
信号機つき転轍器つきの
サーキットを　くるりくるり
周走する　蒸気機関車

この夜明けまえ　それらは
かれらの胸骨の奥の車庫から
　いっせいに発進する　そして
まもなく　暁の太陽の金色を浴び
　この目前の鉄橋を驀進するだろう
　その雄姿を　待ち伏せ
　カメラアイで狙う　男たち
いま　かれらの緊迫の面前を

獣を追うスピード
矢の一撃で射ぬくスリル
その一瞬の歓び
　の戦慄に　こころ弾む

太古の狩りの朝の
一陣の風が　爽やかによぎる

8　柱時計　―収集家へ―

道端に捨てられ父親に拾われた壊れた柱時計が中学生のきみに取り憑いた運命の日から
一つまた一つと集められ　いま　床に壁にびっしり並んだ　この大小の古い柱時計たち

こんなにも柱時計を希求する物狂おしい力は　たんに虚無や無聊を埋めるための気晴らし
では　あるまい　　きみの内部が深く関わっている

内部では　柱時計は　どこに置かれているのか　表層の館にか？　真相の塔にか？　そもそも　柱時計を　どちらの手が　掻き集めているのか　館主である家神の手か？　塔主である地霊の手か？

内部の地平上のきみが　館の客間で　来客に見せるために　いつもこのコレクションに気を配る　関係の家神　なら　柱時計は　きみの虚栄が栄光　となるだろう

きみが　塔の密室で　こっそり　美しいオブジェとなった柱時計の意匠や細工や色調や光沢を楽しむ　交感の地霊　なら　柱時計は　きみの原憧憬　となるだろう

とはいえ　柱時計が原憧憬となる？　それなら　はじめから　すでに中学生だったいぜ

んに　きみの内部は　柱時計的でなければならない　昔の時計師の記憶の振り子が肋骨に
ぶらさがっていたり　古い絵葉書に描かれた時計草の絵の文字盤が胃袋に貼り付けられて
いたり　しかし　そんなことは可能だろうか？

こうなるともう　混乱したぼくには　分からなくなる　陶器　切手　羽虫　から　貯金箱
消しゴム　耳搔き　まで　飽くことなく渉猟して回る　きみら　と　これらの物神たち
との　関わり方が　収集家　それは　ぼくには　永遠に謎のディングアンジッヒだ

9　暗闇　鳥　風光　―全盲の人へ―

騒めく街路を　杖の触角を左右に

振って　手探りの身振りで進む
きみは　ふいに　立ち止まる
そばの通行人が訝って聞く
〈どうかしましたか？〉

聴こえる　いく星霜の暗闇に
鋭どく研ぎ澄まされた
きみの耳にだけ　聴こえる
どこかの公園の木立ちに
群れる鳥の囀りが

たちまち　そのかすかな波動が
きみの蝸牛管に　青い空を　架ける

幼ない日に一度だけ見た空の
青い切れ端を　さっと引き伸ばし

きみは　忘れたことはない
北国の早春の森で聴いた
カッコウの　まわりの樹々や
湖水に　神秘なほど深沈とした
余韻を染みこませながら
縹渺と消えていった　鳴き声

きみは　ホホジロやジョウビタキの
声を聴き分け　かれらの声紋を
眼底で録画したり　音符に変えて

ピアノで再現することができるし
口笛を吹くかっこうで唇をすぼめ
ヤマガラとお喋りできる
〈ツィツィニーニーツッピー〉

暗闇　永遠に鎖された暗闇
それは　なんと近々と　なんと
　親密に　なんと優しく
鳥の動きを　感光し映写する
明るみ　となることだろう

暗闇は　鳥たちが届ける小さな
　物音──羽音　水浴び　啄み　羽繕い

そんな音の繭からすばやく
紡ぐ糸で　移ろう季節と風光の
刺繍を　きみの瞼の裏地に
縫い付ける

10　水と土の国　―七周忌に―

1

おまえの蒼ざめた顔を掠める
黒ずむ死の影が　日に日に
色濃くなってゆく　ころ

たびたび　おまえは　この河畔に
　立って　川上の山脈を見つめながら
そこから川沿いに降ってくる
　蒼々とした風を　前髪や
　後ろ髪に　戯むれさせていた

風に染みこむ水と土のあえかな
　優しさの匂いが　おまえの
　内臓の絶えまない痛みを
すこしは　鎮めてくれたのだ

2

おまえが　生の地平を
　鉛直に裁断して　永遠に
　断絶した星座か地底かへ
　消えていった——この
　沈痛な想念は　耐え難い
わたしは首を振る

いや　そうではない
あそこへと旅立ってから
日はまだ残い　まだ七年だ
あそこへのなん万光年の
　距離のことを思えば　まだ

途上のはずの死者たち　かれらの
列から　おまえを連れ戻し
いまひとたび　この河畔に立たせよう

そして　笹舟の軽さに還った
おまえの亡き骸を　この水面に
浮かべ　川上を溯って奥へ奥へ
山脈を越へて彼方へ彼方へ　改めて
野辺送りしよう　その行きつく
涯の　茫々とした水と土の国　まで

そのとき　わたしは　有限の
距離を隔てて　おまえと

水平に並び　地続きとなる
この川と同じ水系の水と
この山脈と同じ地軸の土の
国に　いる　おまえと

3

水と土　わたしたちのもっとも
根源の大地である　水と土
わたしたちが　生者として
そこから産みだされ
死者としてそこへと
帰ってゆく　もっとも母胎的な
大地である　水と土

わたしたちの　存在を　生と死を
そこから組み立て　そこへと
還元してゆく　もっとも原素的な
大地である　水と土
この惑星を無辺に無量に
覆いつくす水と土

そうだ　この水と土を　透過して
わたしの生の国とおまえの
死の国は　地続きになるのだ
かすかに　かすかに　いま

4

祭壇に供えられる果物と花環
叩かれる木魚　焚かれる香炉
僧の朗々と響く招魂の読経
来賓の高らかに音読する追慕の弔辞
が　死者の早い来臨を促がしている

それらは　死者が絶対の断絶の
彼方にいることも　この弔祭が
死者に遺棄され悲嘆に沈む生者の
鎮魂のために開かれたことも
忘れ　死者に呼びかけている
—さあ　早く帰ってくるがいい

この鎮魂の儀式へ　まだ
　鎮魂されていない死者よ――

もとより　おまえは　帰っては
　来なかった　いまは真昼
たぶん　水と土の国の　泉の水辺で
沐浴するか　腐葉土の褥で午睡して
すっかり鎮魂された　おまえは

弔祭のさなか　わたしの閉じた口は
思わず叫ぶ――しっ　静かに！
あそこで　いま　心地よく閉じかける
　死者の瞼を　乱すでないぞ

5

おまえは　まるで　軽々と一息で
死を担いで　死の国の境を跨いだ
　かのようだ
おまえに唐突に遺棄されたわたしが
えいえいとこれからも背負って
歩かねばならぬ　いつ果てるとも
しれぬ長い哀慕と寂寥の
いく星霜　のことを思えば

おまえ　水と土の国に憩い
　瞑目する帰郷者よ　いまこそ
わたしのために　祈れ

わたしを　悼み　魂鎮めよ

黄金と磁石の矢

詩集◉

Ⅲ　Ⅱ　Ⅰ

I

1　問と矢の出現

2　禁じられた問

3　はてさて　この矢を…

1　問と矢の出現

ぼくらが　よりよく生きようとして　祈りを始めると　合掌する指と指の間から　この云い古された問が　立ち昇ってくる　―ぼくらは何に向かって生きてゆけばよいのか?―

しかし　いま　この問は　いたずらにわいわいがやがやと煩瑣な哲理や法話や処世術の長々とした前口上ぬきの　ほとんど無言で方向だけを図示する　矢印　その絵文字を見たとたんその方向に歩んでゆけばよい単純明快な矢印　を求めている

ぼくらの生を導く厳粛な役目を担うからには　その矢は　おいそれと錆びつくことのない精錬された鉱石や金属で　鋳られていなくてはなるまい

とはいえ　古今の矢造りの錬金術師たちが呪文や占星術や魔術書や法典や哲学書で手造りした夥しい粘土や木片や青銅やメッキ細工のまがい物のなかから　黄金の矢を　探しだすのは　たやすいことではない

2　禁じられた問

やっと探しあてた矢印にも　しばしば　ぼくらは　半信半疑だ

〈〈ぼく〉の神話〉ⅠのⅠ〈〈ぼく〉の出現〉

—ぼくの〈ぼく〉もきみの〈ぼく〉も
かれの〈ぼく〉も　この矢印を

磁石としてポケットに入れたり
道標として道端に立てたり
鼻紙にして捨てたりして　動く
ときおり　矢印の曖昧な方向に
迷いながら　…　—

だが　こんなぼくらのうち　この矢印を〈磁石としてポケットに入れ〉ることのできた者
だけは　例外だ　おそらくは父祖のだれかからの遺産だろうこの磁石の矢印を　その
小さな破片でもいい　顔面か掌か内臓かほかのどこかに　烙印されて　生まれついた　者
だけは

そのとき　かれらが　自らの生き方の方向を探索するあの問を　口に上らせることは　ほ
とんどない　あの問の発生は　たいていのぼくらが常住する世界—関係である世界　に

限られた現象　だから

磁石の矢印の証しを体のどこかに打印された者として　かれらに　入門を許した　大地――
文慮である大地は　のっけから　この問を禁じている　体に記された自明である方向を問うのは無意味だと

〈〈ぼく〉の神話〉Ⅱの7〈馬〉

――苦渋にみちた撃囚の日々　いらいらと
　地面をひっ掻く蹄の爪先…
ふいに　縄が　解かれた
駆ける！　馬たちは　駆ける！
暗い暗い生への問の門をへし折って
風のアーチ　風のトンネル

風のドルメン　を　突きぬけ
…
（生への問がへし折られた地点が
世界から大地への入口だ
大地はすべての生への問を封じる）—

3　はてさて　この矢を…

生の十字路で方向に迷った
ぼくらの靴先で　なんども
蹴りあげられ　摩耗した　この問
—ぼくらは　何に向かって

生きてゆけばよいのか?——

この問に　そのつど　てんでに
方向を指示する　智恵の羅針盤や
気分の舵輪　に不満だった　ぼくらの
内部で　いま　すっくと　起立し
弓をつがえる　あの二つの力の化身——
地霊オルフェウスと家神ナルシス
この二人のそれぞれの矢の射角と射程は
截然と分けられている　一つは
大地へ　一つは世界へ

大地　この無座標の磁場系

その地平からの強力な磁力線が
牽く方向へ　ときどき微弱な
磁力線に戸惑うことはあっても
ほとんど目を閉じたまま　弓を
つがえることができる　オルフェウス

世界　この無磁場の座標系
その地平では　弓をつがえる前に
錬金術師たちの掲げる矢印の
行列から（目移りするのか）
あれやこれやと　格子点に立てる
標的の選定に　手間どる　ナルシス

弓をひき絞ったままの姿勢で
たびたび　ナルシスは　内部の館の
部屋部屋を廻廊を階段を
走りぬけながら　呟く
〈はてさて　この矢を　どの方向に
射ればよいものか？〉

射てはみたものの　館の壁や格子戸や
窓ガラスにひっかかったり
折れたりする多くの矢のうち
うまく体外に飛びでた矢の先端から
矢印を　切り取り　地図や手帖や掌に

貼りつけ　勇み立つ　ぼくらの
内耳に　しかし　またも　聞こえるぞ
次の矢をつがえながら疑心暗鬼の
　ナルシスの呟きが
〈はてさて　この矢を　どの方向に
　射ればよいものか？〉

Ⅱ

1　戸惑う矢

そのころ　まだ未成年だったぼくは　あの問のボールを　たえず目前に蹴りあげながら
深刻ぶった顔付きで　その答を模索して歩いていた　そのころ　ぼくは　とくに　自愛
と愛他の互に逆走する方向の　どちらが正しいのか　迷っていた　ぼくのつがえた矢は
　自分を収斂する求心的な自愛と　自分を放散する遠心的な愛他　この二つの相反する射
角の間を　たえず揺れ動きながら　それぞれの方向の極に祀られた蕩児像と英雄像のどち
らを狙うべきか　迷っていた

そのころ　爽やかな五月の朝風と　ぼくをまじえた同窓生たちに　祝福され　遠い都市の
僧院へ　二人の少女が　門出した　かれらが誇らしげに片仮名でディアコニッセと呼んで
いた奉仕尼となるために　その朝　弦は凛々しくひき絞られ　矢は射られた　矢尻に二
人を結びつけ　天使の待つ献身の園へ

その朝の帰り道でも　ぼくは　あの間のボールを　蹴りつづけていた　二人は優しい白
衣の英雄として賛えられるだろう　だが　あの愛他の矢は　はたして正しい方向に　射
られたのだろうか　二人の生のために？　ぼくは　ひそかに怖れていたのだ　賛えら
れる幸福に浸され　ひたすら愛他の園の塀の中に　二人の生が　封蠟される　ことを

2　ナルシスの登場

それから間もなくだ
ぼくがナルシスを発見するのは

あわや珊瑚や紡錘虫までも含める
（かれらも仲間たちとでこぜりあい
しながら関係＝世界を組む）
ほとんどの生き物たちの内部で
なん億年もえいえいと館を築き
そこに君臨してきた　王ナルシス

内部をわがもの顔で陣取り
その権力を専横に振り廻すゆえ
王と呼ばれていても　たいていは
外部の動勢をきょろきょろ
窺って　びくびくしている
小心者のナルシス

ナルシスに闖入されたぼくの
　視界は　がらりと暗転する
これまでの　二項対立——
　求心と遠心　自愛と愛他　は
二者択一を迫って逆走しあう
　二つの双曲線　ではなくなり
互に反対方向に向いていたはずの
　蕩児と英雄も　もう　同方向に
向いて　並んで立っている

蕩児も英雄も　ナルシスの館の
　化粧室の帽子掛けに並んで吊され

世界――この巨大な舞台装置――へと
化粧を整える俳優ナルシスに
待機しながら　いざ出番となった
ナルシスが交互に冠って没落と栄光を
演じる　二つの仮面　となる

ナルシスの掌の上で　だれかに
捧げ物を贈る喜びは　それをもらって
喜ぶだれかを見る喜び　に変わり
喜びを撒くナルシスの愛他の
身振りは　自動的に　喜びを
取り戻す自愛の身振り　に変わる

天使の掌に載せられた場合を
除けば　どんな純真無垢の奉献も
無償ではなくなる　ひとたび
奉献の遠心力を　即座に　回収の
求心力　に転換できる　手品師
ナルシスの指に　触られれば

3　刺青された矢印

昔から　求道の途上のぼくらが
方向に迷い　道しるべを探した
この生の十字路　そこに　めいめい

手作りの黄金の矢を　おもいおもいの
方向に向け　待ち伏せている
古今の錬金術師たち

かれらは　ぼくらを摑まえた
とたんに　刺青師の顔付きになり
ぼくらの顔や掌や肩に　おのれの
矢印を　彫り刻んだあと　仕上げを
告げるかれらの声は　厳粛だ
〈これでもう迷うことはない
これは不滅の黄金の矢印だ　その方向に
矢を射て　いざ　歩め!〉

ナルシスが　ぼくらの皮下から
指先で　表皮の刺青の刻線を
なぞって認証の儀式を　終えた
とたん　矢印は　家訓に変わる
家神としてのナルシスは　つねづね
ぼくらが守るべき家訓を　欲しがって
　いたのだから

その矢印のレプリカを
　館の門に懸けながら
ナルシスも　刺青師と同じ音声と
　文句で　ぼくらに　出立を促す
〈この方向に矢を射て　いざ　歩め！〉

4　世界止まりの矢

家訓を標的にして　ナルシスが　黄金の矢を射ろと命じた　となると　その矢は世界を越えでることはできない　ナルシスはもっぱらぼくらと世界との関係を司どる首長であり
家訓はすべて関係の所産であり　そして　世界はどこまでも関係の地平である　からだ

どんなに純金の　どんなにひき絞られた　矢も　その射程は　世界止まりだ　その限界を
神々の射る矢さえも　免かれない　ぼくらが世界内に留まり　神々がぼくらの投影である　かぎりは

これらの矢たちは　貨幣や処世術や流行物といっしょに　これからも　世界内を縦断したり周走するがいい　ときには　あの古典的な問を前面に吊して　これがその答だ―と前置

きしながら　それらは　立派に役目を果たしている　世界の秩序や安寧や繁栄に有用で
あるかぎりは

III

1　野良ネコと舞踏

そのころ　若かったぼくが　あの問のボール蹴りに疲れ　古今の錬金術師たちの黄金の矢の秘法の書のページめくりにも倦んだ　そんな晩夏のもの憂く気だるい夕暮れ

裏の空地を横切っていて　ぼくは　見た　いつも人を見ると怯えて逃げるのに　いま　ピンポン玉との戯れに夢中の　喜々として　跳び　追い　転ぶ　野良ネコを　いっしゅん　ぼくは　はっとして立ち止まり　見つめていた　そんななんでもない日常の光景なのに　ぼくは　なにかの由々しい啓示に撃たれた者　のようだった

世界たちの投石の
　標的にされ　傷だらけの

野良ネコ＝ナルシス　その殻を
とつじょ　蹴破って　長い
眠りから　目ざめ　踊りでた
脱世界　脱ナルシス　の
野良ネコ＝オルフェウス！

そのとき　同時に　初めて
ぼくの唇に　舞い降りたのだ
あの運命的な語──〈舞踏〉が
舞踏　ぼくら生き物たちのすべてが
　憧れ目ざす　もっとも高次で
純粋な結晶である　舞踏

そのとき　ぼくは　感じた
すべての大地のひき絞る弓が
舞踏へ　一斎回頭し
磁石の矢を射た　と

2　盲目の笛吹き

本当は　オルフェウスの像は　野良ネコと語〈舞踏〉のあとで　浮上してきたのだ　なにかの本をめくっていて　神殿の壁に浮彫された　人や獣に囲まれ竪琴を弾く　オルフェウスの凛々しく気高い立像の絵　を見つけて　それを切り抜き　秘密のアルバムに貼りながら　ぼくは　叫んだ―これだ　舞踏の神は！

それから　どんなに　ぼくは　この神を敬慕したことだろう　どんなに　すべての生きとし生ける生き物たちの命の流れの奥底に　この神の遍在を　祈ったことだろう　ぼくは小さな虫や花の内部さえ覗いて　この神の隠された断片を　探した　ある日　ぼくは巨きな樹に耳を押しあて　盲目の笛吹きの姿で樹液の河の波間に漂よい流れるこの神の幻影を　見たりもしたのだ

――樹液の緑の波間から
歌い流れるオルフェウスの
緑衣を見わけることは
不可能だ　ただ　蜜蜂だけに
かれの歌う声紋の超音波を
聴きとることができる
……

〈〈ぼく〉の神話〉Ⅱの2〈盲目の笛吹き〉

典雅な花弁のモオヴ色
精緻な葉のオジーヴ形
それらは　樹液の河を昇降する
かれが　ふと　樹皮の裂け目から
外へ洩らした　歡びの
精液の　色と形——

3　生き物たちの神話

しかし　生き物たちは　殺戮のコロショオムで血なまぐさい生存の戦いに狩りたてられ
世界——関係である世界——の柵に　鎖され　大地——交感である大地——の入口から　拒まれて

いる　その内部に　戦いに関係するナルシスと　慾情して交感しない原始オルフェウスと
を　跳梁させている　ほとんどの生き物たちは

原始オルフェウス？　これも聞き慣れぬ名だが　すでに　別のページで　描かれている
ちょっと美学的に穏和な姿態で
〈〈ぼく〉の神話〉Ｉの11〈塔の形〉
——…オルフェウスの
内なる塔は　鋭く尖った
ピラミッドの形をしている
食事と房事を楽しむ
　原始オルフェウスが　底面に
（そこは　氷堆石や紡錘虫の
埋まる泥炭層　である）
広大な食堂と寝室を　築く——

ほんとうは　剝出しとなった原始オルフェウスの素顔は　酒神バッカスに匹敵するほど
凄まじい

4　ライオンの原始オルフェウス

あっと云うもない
冷ややかにめかにっくに
交尾を終えるライオンの
原始オルフェウス
相聞の歌と舞いで入念に
前戯する海鳥や鶴の風雅を

心得る愛のオルフェウスも
較ぶるべくもない
性の原始オルフェウス

忍び足で獲物へにじり寄り
一撃で倒す戦慄の一瞬
立てた爪の　裏側で
舌なめずりする
狩りの原始オルフェウス

血に塗られた凄まじい
饗宴のさなか　肉片を
振りかざし　舌先の味蕾から

味蕾へ　のたうち回る
食の原始オルフェウス

内部の　精液や唾液や
血糊で捏ねた暗い
ペルム紀の泥炭層に
今も這いつくばる
これら　愚昧で粗暴な
原始オルフェウス

5　あるイヌの物語

イヌの内部でも　はじめ　矢を射る方向について　迷いが　あったのだ　ナルシスが射たい盲導犬の方向か?　オルフェウスが射たい猟犬の方向か?　しかし　イヌに選択権はない　主人が決めたのだ　ナルシスに黄金の矢を射させようと

ほとんど天使にしか許されていない純粋無垢の献身で　賛美され感動され表彰される　イヌに　ナルシスは　そして　世界は　むろん　ご満悦だ　よくやったぞ!　四つ足の天使さん!　イヌは　もう自分のことなど忘れ　自分を空無にして　尽くしたのだ　偉大な献身は　英雄的な偉大さの空無から　産みだされる　営為　なのだから

イヌは　一日じゅう　いや　年じゅう　ほとんど　うずくまっていた　ときおり　外出す

る主人を先導しても　行く先で　待機のためうずくまっていた　これからも　ひたすら
うずくまっていること　それが　イヌに課せられた　死ぬまで続く　運命　だった

こんなにうずくまっていると　しだいに　呼吸や血流や脈拍が　衰え　四肢の力も　萎え
しまいに　貝か化石か三脚魚になってしまう——そんな不安を　イヌは　ちっとも感じなかった

はたしてあの黄金の矢は正しかったのか？　この世に生まれ出た自分の生の意味はひたすら献身でよかったのか？——そんな疑問を　イヌは　ちっとも抱いてなかった

不安も疑問も　献身への高揚した気分で　鎮めることができた　しかし　眠っているイヌの瞼に侵入してくる　あのしつこい猟犬の夢だけは　防ぎようがなかった

夢の中の猟犬は　いつも駆けっていた　餌物を追って　いや　餌物などどうでもよかった
　もう餌物を追い越し　ひたすら駆ける歓びを追って　駆けっていた　地を蹴る後脚
宙に躍る前脚　波打つ心臓　旋回する血流　弾む息遣い　飛び散る風光　地平線の向こ
うの疾駆の国へと遠ざかってゆく猟犬を　もう　だれにも　呼び戻せそうになかった

そんな夢から覚めて　イヌが　瞳孔をふと内側に向け　内部の隅の暗がりをちらっと覗く
と　衰弱したオルフェウスと　その片手にへし折られて力なく握られた磁石の矢が　透い
て見えるのだった

6　舞踏を！　舞踏を！

なんと俊敏に泳ぐのだ！
何と鮮冽な　直線を
　流線を　弧線を　螺状線を
描き　なんと甘美に
跳躍を　捻転を　旋回を
舞うのだ！　このイルカたち

生き物たちを突き動かし
　差配し牛耳る二人の低回の神――
　地表を爬行する家神ナルシスと
地底を蛇行する原始オルフェウス

の重い足枷から　ひとり離脱し

水平線の向こう　未知の
波の国で　いま　烈しく
羽搏く　イルカたちの
胸ビレ！　尾ビレ！

その尖端に　爪立って
黙示録の使者　神オルフェウス　が
手を振り　叫んでいる
舞踏を！　舞踏を！

7　ディオニソス対オルフェウス

つねに挑戦し抵抗し勝利し命令する力を　至高点に掲げ　それに向かって射る　あのディオニソスの矢　をめぐって　多くの本が　今も書かれ語られつづけている　この矢もときに原始オルフェウスの荒々しい慾望で上塗りされたり　ときにオルフェウスの尖鋭な希求で洗練されているものの　権力を第一の標的としている　とすれば　ナルシスが射る黄金の矢　にちがいなさそうだ

ディオニソスは叫ぶ―なんでもって進化は測られるか？　権力量である―　オルフェウスは叫ぶ―なんでもって進化は測られるか？　舞踏量である―　ディオニソス対オルフェウス　黄金の矢対磁石の矢　権力対舞踏

―より神秘な新しい甘美さの
創造を求追して　羽搏く
ほとんど鳥と化したオルフェウスでさえ
いまだ　進化の途上にある
そう　ぼくら生き物たちのそれぞれの
　宇宙は進化の途上にある
その進化の位階は　最高の指標―
舞踏　その純度　によって　測られる―

ここにきて　あの晩夏の夕べ　野良ネコが啓示した舞踏は　踊り子やバレリーナが演ずる
ただの踊りを突き抜け　ずんずん大地を席巻してゆく　もう　すべての舞踏は交感し
すべての交感は舞踏する　縫い子も種植人も昆虫好きも　運針を播種を採取を　交感しな
がら舞踏する　すべての動と不動の交感の所作が　血の脈動と心臓の高鳴りと脳波の騒め
きと魂の高揚に　りずみっくに揺さぶられながら　そのまま舞踏の国へと滑りこんでゆく

8　結審

たまたま　この惑星に　この世紀に　こんりんざい　なんの意味もなんの目的もなんの役
割も烙印されず　脱糞の落下速度で　産み落とされた　ぼくらの偶然な生　しかし　生
が　ひとたび始められたからには　より生きるに値する方向に　矢を射ようと試みるのは
　当然のことだ

もう　明白だ　矢をつがえるべき
方向は　原始オルフェウスの
混沌から　オルフェウスの
交感へと　向かう
舌を　啖う混沌から
　味わう交感へと

耳を　警戒する混沌から
　歌う交感へと
性器を　交尾する混沌から
　相聞する交感へと
足を　追い逃げる混沌から
　跳び駆ける交感へと　向かう

ここで　射られるのは　磁石の矢　だ
太古から　太陽と海　水と土
　石と磁気　骨と血　で　めんめんと
　鋳込まれ鍛えられてきた　磁石の矢
命の深みから汲みとった

高揚する力の腕で　瞼を閉じ
あの神が　射る　磁石の矢

—こうして…生の方向は
原始オルフェウスの地下室を
出立し　ナルシスの曲線階段を
つっ走って　オルフェウスの
尖塔へと　昇ってゆく—

原始オルフェウス↓ナルシス↓
オルフェウス　この二つの矢印は
そのまま　至高点を目ざして進化する
磁石の矢の飛跡を　図示している

〈〈ぼく〉の神話〉Iの11〈塔の形〉

黄金の矢　磁石の矢　それぞれの
　射手と射角と射程の境界が
　截然と線引きされたからには　いま
（黄金の矢どうしの縄張り争いは
これからも未決でありつづけても）
おおかた結審されたも同然だろう
あの問――ひとしきり若かったぼくを
　悩ませつづけたあの問――
方向を問うことを　世界が　黄金の矢に
勧め　大地が　磁石の矢に禁じた
あの問――は
――ぼくらは何に向かって
生きてゆけばよいのか？――

詩集◉

フクロウの飛来する夜

―物語作家Kをめぐって―

1　法の帝国

Kは父への手紙を書く

―世界は三つに分割されていました　第一の世界では　ぼくは　ただぼくに対してだけ作られた掟　なぜだかぼくが従うことのできない掟　の下で奴隷として暮していました

第二の世界では　果てしもない遠方から　あなたが　ぼくに向かって　ひたすら支配したり　命令したり怒ったりしながら　暮らしていました　第三の世界では　人々が　幸福に　命令や服従から自由になって　暮らしていました―

しかし　世界をさらに三つの世界に区分けするKのこの分割線は　曖昧で無根拠だ

第二の世界に鎮座する父も　Kの所属する第一の世界の都市や国家や組織や種族を総なめにする掟の数々のうちの　ひときわ身近で口うるさい一つ　であってみれば

そして　さらに　この父子を弾き出した第三の世界の人々が享受する掟からの自由も　いつひっくり返されるかしれない掟に怯える法への隷属　の裏返し　にすぎないのであってみれば

Kがどんなに視点を移してみても　世界は　勤めだの風習だの儀式だの付き合いだの法典だの教会だの門だのあれこれ法に関わる事象や事物を布陣して（法もまた関係の所産の一つだ）　ぎらぎらで冷ややかな砲金色に塗り潰された　法の帝国の相貌　を変えることはない

2　悪夢に怯える家神

世界との関係をうまく処理する渉外係として　Kを　世界と仲良くさせたり　世界に誇示したり　世界から守る　役目　を一手に引き受けている　Kの家神　なのに

―ぼくは生まれつき打ちとけず無口で不平ばかりこぼす―と　ぐちるKの家神は　世界といつもKへの底意を隠したり敵意をむきだしにする世界と　反りが合わない

―ぼくに一刻たりと安らかな時間は与えられていません　…　ぼくは不安で組まれていますす　不安がぼくです―

夜々　家神は　世界たちに苛められる悪夢の紡錘を紡いで　Kの不眠症のうつらうつらす
る瞼の下に　差しだす

ある朝　目がさめると毒虫に変えられ
父親に投げられたリンゴで裂けた
背中の傷口を化膿させて死ぬ　夢
ふいに二人の男に室内へ踏み込まれ
拉致され　郊外の石切場で　野良犬の
ように首を掻き切られる　夢
世界のどこにも自分の口に合う
食物が見つからなくて　やむなく
自分から見世物小屋の断食行者の
檻に入り　あげくの果て　藁屑を
つつく監督の棒の先に　やっと

小さく萎びた屍体で発見される　夢
Kは　枕もとにノートを取りだし　それらの紡錘をぐるぐる廻しながら　言葉の糸を撚りだし　不気味で不吉な物語の絨毯を　つぎつぎと織ってゆく

3　蠢くフクロウ

Kは　役所勤めを終えた夜々
祈りの姿勢で　書く　ひたすら書く
—書くことを　ぼくは指令されている
何ものにかわからない　ただ

そう指令されているのだ——

書くんだ！　それがおまえの
　生きる意味だ　さあ　書くんだ！
かれの耳管で　しつこい耳鳴りに
　なって　何ものかの叫び声

何もの？　もう明白だ
フクロウだ　Kの原憧憬である
　文を書く力　その形であるフクロウ
言葉の翼で夜々飛び交うフクロウ
どこから来たのだ　この鳥は？

たぶん　遠く父祖たちの
　いく山河を飛び越え
農夫や家畜商や行商人の
　外向きで陽気で打算的だった
　父方の系譜を　大きく迂回し

学者や祈祷僧や奇人の
　内向で神経質で不器用だった
　母方の系譜を　いちずに降って
胎児Kの肋骨の裏側の小さな
　止まり木へ　飛来してきたのだろう

4

羽搏くフクロウ

―文学でないものはすべてぼくを
退屈させる　それらをぼくは憎む―
と呟くKの声帯を　フクロウの
嘴が　啄み震わせている

―書く悦楽が　ぼくのありとあらゆる
筋肉を　あらがい難く走り抜ける―
と叫ぶKの血脈と神経叢を
フクロウの声紋が　波打たせている

—なんと弾んでぼくは書くことか
インクの染みをなんと飛び散らして！—
と綴るKの指先を　フクロウの
鉤爪が　ひっ掻いている

—朗読するうち　物語と一体になって
こみあげてくる涙を制えられなかった—
と打ち明けるKの涙腺を
フクロウの風切り羽と尾羽根の
穂先が　突ついている

—夜の十時から朝の六時にかけ一気に

書きあげた　恐ろしいほどの緊張と
歓喜　ぼくはそのとき強烈な射精を
催した──
と紅潮するKの輪精管を
フクロウの腹部の尨毛が　撫でている

5　皮むき　芯さがし

机に坐って書く夜の時間　不器用に昆虫の触角を左右に振って這い回っていた昼のKの生
が　フクロウの翼をいっぱい広げ　物語の空域を自在に飛び交い　至高点へと昇りつめて
ゆく　法悦の時間

遠いどこかの村の療養所でひっそり息を引きとるまえ　Kは　そっと友人に囁く
—ぼくにとって　作品は本質的に無意味なんだ　それを書く瞬間だけが大切なんだ—　だから　残った原稿は焼いてほしい　それらは役目を果たし終えたのだから

Kの死のあと　焼かれはしなかったものの　原稿は　言葉の国へ出立した旅人が途中の道端へ置き忘れた使い古しの地図やメモ帖や旅程表と同じほどの無造作さで　しばらくは放置されていた

ぼくらは　いま　そんなKの遺作の一ページ一ページを　タマネギやラッキョウの皮をむく手付きで　めくりめくり　皮むきと芯さがしに　夢中になっている

いろんな方向から矯めつ眇めつして皮をむき　むいてもむいても出てこない芯に苛立った
り　出てきた芯のどれが本当なのか論争しあったり　ひょっとして初めからあったかどう
かわからない芯の在りかを訝かしがったり　しながら

そんな皮むきと芯さがしにおおまじ目のぼくらを　墓地の隅っこの地下から　Kは　いつ
もの照れ隠しの滲む微苦笑の眼差しで　見やりながら　呟いているかもしれぬ
—謎を　ぼくは　もともと　問うことができると　信じてなんかいなかった　ただ　そう
してみただけさ—
それから　急に　いたずらっぽい顔付きに変わって　こう付け加えるかもしれない

謎は　解かれた瞬間に　謎ではなくなるんだよね　あまりつつかないで謎のままの方がい
い　それに　芯があるかどうか　いまではもう　ぼく自身にもわからないんだよね

6　物語　メッセージ　言葉

—物語がぼくです—と自己紹介する物語作家Kの　ぼくは　熱心な読者　ではない

小説や映画や演劇や説話や伝言と同じく　人物や出来事や心理や教訓のメッセージを伝達するメッセージを　なぜか　ぼくの体質は　異物として　すんなりとは受け付けない　気晴らしの読み物やなにかに使う資料として表皮に貼りつける場合を別にして

—ぼくの内部で　いつからか
　浸食を始めていた
　メッセージへの不能
メッセージをいきいきと

〈言葉をくわえる天使と海鳥〉Ⅰの7

感覚できない不能
メッセージをいきいきと
生に組みこめない不能
メッセージをいきいきと
舞踏できない不能——

メッセージへの不能は　言葉への　メッセージを舟荷して運ぶそれ自体は空っぽでなくは
ならぬ刳り舟としての言葉への　不信　を募らせる　メッセージを荷揚げされた言葉は
空無になり　メッセージを舟荷された言葉は読まれることを拒む　言葉はぼくに不可能
になってしまった　長いあいだ　言葉を見失ない一語も書けない闇の中で　ぼくは　手
探りしながら問いつづけた——言葉はぼくに可能だろうか?

Kは　そうではなかった　今でもときおり言葉への幻想と幻滅の間を昇降して疲れて滅入

るぼくとは　ちがっていた　物語はかれの体質に合っていた　かれの指先は　物語——
言葉の刳り舟の船団——を　魔術師の手さばきで　とめどなく繰り出すことができた　言葉
に　言葉そのものの可能性に　なんの翳りもない信頼を寄せていた　K　だから

7　Kの鳥　ぼくの鳥

こんなKとぼくとの差異の根源は
　何に根ざしているのだろう?
それは　Kとぼくの言葉の力の
　形の違い——フクロウと水鳥の違いに
(もっと詳しく云おうか)
深夜の川を徒渉して物語の小魚を

呑みこむ健啖のフクロウ　と
朝明けの空を旋回して非物語の
羽虫を啄む小食の水鳥　との
食性の違いに　根ざしている

Kのフクロウの深夜の細かい
行動は　ぼくにはわからない
ぼくの水鳥の場合は　こうだ
猟に恵まれた日は　水鳥たちは
朝早く　内部の塔頂の上空を
旋回しながら　高窓を開く
ぼくを　待っている
取り立ての新鮮な羽虫の
言葉を届けに

この刻限を過ぎると　かれらは
飛び去ってしまう　そのあと
まる一日　ぼくは　しばしば
一皿の言葉にも　ありつけない
ときたま　疲れた翼で引き返した
水鳥が鮮度の乏しいやつを
落してゆく昼下がりは　別としても

8　深夜の鳥　早朝の鳥

時代の流れに遅れまいとKの本を
買ってきたぼくは　どうにかして
水鳥にも　かれの物語に親しんで
もらおうと　午睡しているところを
叩き起こし　ぼくの瞳孔まで
引きずってきて　いっしょに
ページをめくって　読みはじめても

水鳥は　ちょっとのま　ぼくの
目線の後に付いてくるが
そのうち　目線を追い越し

ふらふら千鳥足で　ところどころ
　啄んでは駆けだし　あげくのはて
嘆息を吐いて　うずくまる

根気のないやつだと嘆いても
もう仕方のないことだ　ぼくには
　どうすることもできない
フクロウの狩り集めた物語が
　食欲をちっともそそらない
となると　もう　水鳥自身にさえ
　どうすることもできない

もともと　そんなことは　初めから

分かっていたはずのことだった
深夜の鳥と早朝の鳥が　出会い
互の翼を交差させる　そんな瞬間など
起こりえない定め　だった　から

§これまでの作品１§

物語詩Ⅰ　**塔への旅**　内部の鳥（日本図書刊行会）
詩　集Ⅰ　**〈ぼく〉の神話**　内部の鳥（　〃　）
物語詩Ⅱ　**内部の鳥**　内部の鳥（　〃　）
詩　集Ⅱ　**言葉をくわえる天使と海鳥**　内部の鳥（　〃　）
詩　集Ⅲ　**死者への十三の悲歌**　内部の鳥（　〃　）

物語詩Ⅲ　**蒼き花神**　火の魚（日本図書刊行会）
物語詩Ⅳ　**火の魚**　火の魚（　〃　）

物語詩Ⅴ　**ひき攣った家神**　ひき攣った家神（文芸社）
詩　集Ⅳ　**太陽神**　—呪われた詩人へ—　ひき攣った家神（　〃　）
詩　集Ⅴ　**王宮の中の地霊**　ひき攣った家神（　〃　）
詩　集Ⅵ　**水と土の国への旅立ち**　ひき攣った家神（　〃　）

§これまでの作品２§

物語詩Ⅵ　**禁じられた海**　禁じられた海（文芸社）

詩　集Ⅶ　**耳の中のオーディオルーム**　禁じられた海（〃）

詩　集Ⅷ　**投影された神々**　禁じられた海（〃）

詩　集Ⅸ　**水鳥が飛来する朝**　―〈悪の花〉の詩人へ―　禁じられた海（〃）

物語詩Ⅶ　**原語の鳥**　原語の鳥（文芸社）

物語詩Ⅷ　**魚の見た青い花樹**　原語の鳥（〃）

詩　集Ⅹ　**蒼古の記憶**　原語の鳥（〃）

詩　集Ⅺ　**黄金と磁石の矢**　原語の鳥（〃）

詩　集Ⅻ　**フクロウの飛来する夜**　―物語作家Kをめぐって―　原語の鳥（〃）

原語の鳥

2003年9月15日　初版第1刷発行

著　者　樟《くす》位《い》　正《ただし》
発行者　瓜谷 綱延
発行所　株式会社文芸社
〒160-0022　東京都新宿区新宿1－10－1
電話　03-5369-3060（編集）
03-5369-2299（販売）

印刷所　株式会社フクイン

ISBN4-8355-6183-X C0092